SAPNE VS
SURGE PRICING
9 Minutes to Go
ZappIt
ZappIt
CHAT BHANDAR
SPLENDOR

AF721744

सपने vs. सर्ज प्राइसिंग

दिल, धड़कन और डिलीवरी (९ मिनट का चक्रव्यूह)

विषय-सूची

❖ ❖ ❖

अध्याय १ : पहली शिफ़्ट, आख़िरी साँस — १ मिनट का चक्रव्यूह

दीवाली से ठीक सात दिन पहले, गुड़गाँव के सेक्टर 18 में भोर की वह सुन्न कर देने वाली ठंड केवल बह नहीं रही थी; वह शिकार पर निकली थी। वह कॉर्पोरेट जगत के विशालकाय काँच के टावरों से फिसलती, पिछली अँधेरी सर्विस गलियों में गोता लगाती, और डार्क स्टोर 42 के बाहर खड़े डिलीवरी लड़कों के जिस्म में अपने बर्फ़ीले दाँत गड़ा देती थी।

सुबह के 6 बजकर 42 मिनट हुए थे। सूरज अब भी त्योहार के धुएँ, पटाखों के ज़हरीले स्मॉग और डीज़ल के धुंधले गुबार के पीछे कहीं क़ैद था, लेकिन 'ज़ैप-इट' (ZappIt) गोदाम के बाहर टूटी-फूटी सड़क पर बत्तीस नौजवान पहले से ही पूरी तरह मुस्तैद खड़े थे। वे स्ट्रीटलाइट की पीली, कमज़ोर रोशनी में पप्पू की चाय की गुमटी के इर्द-गिर्द सटकर खड़े थे। हर साँस के साथ उनके मुँह से सफ़ेद भाप के गुबार निकलकर हवा में घुल रहे थे। उनके जिस्म पर नारंगी रंग की बरसाती जैकेटें थीं, जिन पर ज़ैप-इट का बिजली जैसा लोगो चमक रहा था—सस्ते कपड़े की वे पर्तें जो गर्मियों में पसीना सोखती नहीं बल्कि उबालती थीं, और इस कड़कड़ाती सर्दी में भीगे कागज़ से ज़्यादा कोई हिफ़ाज़त नहीं करती थीं।

"भाई, इस बार दीवाली के इनाम के नए नियम देखे क्या?" छोटू ने कटिंग चाय के चटके हुए गिलास पर फूँक मारते हुए पूछा। वह उन्नीस साल का था, इटावा के एक गाँव से हाल ही में दिल्ली-एनसीआर की इस बेरहम दुनिया में आया था। उसकी उँगलियों के पोर सुबह की बर्फ़ीली हवा और बाइक के हैंडलबार से घिस-घिसकर लाल और सूजे हुए थे। "कंपनी वालों ने त्योहार के महा-बोनस का टारगेट और बढ़ा दिया है। इतवार आधी रात तक पचास ज़रूरी और भीड़ वाली डिलीवरी पूरी करो, तभी जाकर पचास हज़ार रुपये के दीवाली मेगा-बोनस का ताला खुलेगा। और सुनो, अगर इस बीच तुम्हारी औसत रेटिंग 4.80 से एक

पॉइंट भी नीचे गिरी, या किसी भी आर्डर में 9 मिनट की एक भी उल्टी घड़ी टूटी, तो मशीन एक झटके में पूरा इनाम साफ़ कर देगी। गायब! एकदम जादू की तरह।"

"जादू?" फुटपाथ के किनारे से एक भारी, गूँजती हुई आवाज़ उभरी, जो टू-स्ट्रोक इंजन की जानी-पहचानी लोहे की खड़खड़ाहट को चीरती हुई आई। "मेरे भाई, वो कोई जादू नहीं है। वो सिलिकॉन वैली का महा-कंप्यूटर है! आराम से बैठ, तेरा बड़ा भाई तुझे इस डिजिटल धंधे का असली गणित समझाता है।"

एक 2014 मॉडल की हीरो स्प्लेंडर खाँसती-खँखारती हुई फुटपाथ पर चढ़ी। उसका अगला मडगार्ड काली टेप और खालिस पंजाबी उम्मीद के भरोसे टिका हुआ था। सवार ने एक ही सधे हुए, नाटकीय अंदाज़ में अपना पैर सीट के ऊपर से घुमाया, एक तेज़ *खट* की आवाज़ के साथ साइड स्टैंड गिराया, और अपना खरोंचों से भरा हेलमेट उतार लिया।

दस मिनट वाले डार्क स्टोर की उस नीरस, भोर की धुंधलाहट में भी, कबीर चोपड़ा (राइडर #88492) कोई आम डिलीवरी बॉय नहीं, बल्कि रुपहले पर्दे का वह रूमानी नायक लग रहा था जो ग़लती से किसी ग़लत फ़िल्म के सेट पर आ गया हो। छब्बीस साल का लंबा, इकहरा बदन, काँच काटने जितनी पैनी जबड़े की लकीर, और घने, बेतरतीब काले बाल जो हेलमेट के दबाव और पतझड़ की हवा दोनों को धता बताते थे। लेकिन उसकी असली ताक़त उसकी आँखें थीं—रोशन, तेज़दार और एक ऐसी शोख, विद्रोही चमक से लबरेज़ जो इस नारंगी वर्दी के तले दबने को क़तई तैयार नहीं थी।

"पप्पू उस्ताद!" कबीर ने आवाज़ लगाई, और उसकी एक ही मुस्कान ने उस ठिठुरती गली का तापमान जैसे दो डिग्री बढ़ा दिया। "दो कड़क अदरक वाली

चाय लगा! मेरे खाते में लिख देना, और अदरक को तब तक उबालना जब तक वो अपनी जान की भीख न माँगने लगे! और एक गिलास हमारे इस छोटे उस्ताद छोटू को पकड़ा—शक्ल से लग रहा है नाश्ते से पहले ही कोई लेबर यूनियन खोलने के मूड में है।"

लड़कों में एक हल्की-सी हँसी की लहर दौड़ गई, और उस तनावपूर्ण माहौल में अचानक एक इत्मीनान घुल गया। जहाँ बाक़ी सब खच्चरों की तरह थके-हारे, कंधे झुकाए खड़े थे, वहीं कबीर की चाल में एक बेपरवाह, शाही अंदाज़ था। उसने अपनी ज़ैप-इट जैकेट की ज़िप थोड़ी नीचे सरकाई, जिसके अंदर से एक पुरानी, धुली हुई सूती टी-शर्ट झाँक रही थी। अपनी उँगलियाँ चटकाते हुए वह अपनी बाइक से ऐसे टिक गया जैसे कोई मशहूर टॉक-शो होस्ट लाखों की भीड़ से मुखातिब हो।

"ज़रा छोटू की शक्ल देखो," कबीर ने चाय का भाप छोड़ता गिलास पप्पू के हाथ से लेते हुए नाटकीय ढंग से हाथ लहराया। "छोटू को लगता है कि ज़ैप-इट ऐप को बंगलौर के किसी वातानुकूलित दफ़्तर में बैठे दयालु, रहमदिल इंसान चला रहे हैं। अरे मेरे मासूम बच्चे! वहाँ कोई इंसान-विंसान नहीं बैठते। वहाँ आठ सौ पाउंड का एक महा-सर्वर बैठा है जिसका नाम है—*विकास*! जो नाश्ते में इंसानी आत्माएँ चबाता है और फ़ोन पर फरमान भेजता है! *'प्रिय राइडर, गोल्फ़ कोर्स रोड पर भारी जाम है, लेकिन आपके ग्राहक के महंगे विदेशी फल को उसके योगा ख़त्म होने से पहले पहुँचना ज़रूरी है! और तेज़ पैडल मार, ऐ ग़रीब!'*"

चाय की गुमटी पर ठहाकों का फव्वारा छूट पड़ा। पुराना राइडर रमेश, जो सुबह पाँच बजे से स्मॉग खाँस रहा था, उसने भी आँखों से पानी पोंछते हुए हँसी के घूँट भरे।

"आप मज़ाक कर रहे हो, कबीर भाई," छोटू ने काँपते होठों पर एक संकोच भरी मुस्कान के साथ गर्म चाय का गिलास थामा। "लेकिन आप इतने बेख़ौफ़ और बिना थके कैसे रह लेते हो? कल आपने चौंतीस डिलीवरी मारीं। पटाखों के धुएँ और बारूद में नब्बे किलोमीटर बाइक चलाई। आपकी बाइक के क्लच की तार दो बार टूटी। और जब रात के एक बजे आपकी शिफ़्ट ख़त्म हुई, तब भी आपके अंदर बाक़ी सब से मज़ाक करने की ताक़त बची थी।"

रात के 'एक बजे' का ज़िक्र सुनते ही कबीर की वह नाटकीय मुस्कान थोड़ी संजीदा हो गई। उसने खौलती चाय का एक धीमा घूँट भरा, गर्माहट उसकी छाती में उतर गई, और उसने छोटू की तरफ देखा—उन्नीस साल का लड़का, नारंगी जैकेट में ठिठुरता हुआ, जिसकी आँखों में महानगर में ज़िंदा बचने की बेचैन भूख तैर रही थी।

"मुझे एक बात बता, छोटू," कबीर ने धीमी आवाज़ में पूछा, उसका नाटकीय गूँजता लहजा अब एक गहरी संजीदगी में बदल चुका था। "कल रात जब एक बजे तेरी शिफ़्ट ख़त्म हुई, तो तूने खाना कहाँ खाया?"

छोटू ने पलकें झपकाईं, अपने घिसे हुए कैनवस के जूतों को देखते हुए बोला, "ओखला में। ताऊ रहीम और फ़ातिमा चाची के *रात के एक बजे वाले लंगर* पर। वो गर्मागर्म आलू वाली तहरी और ऊपर से देसी घी डाल के दे रहे थे। एकदम मुफ़्त। अगर वो दोनों न हों ना कबीर भाई, तो नाइट शिफ़्ट के आधे लड़के अपनी झुग्गियों में भूखे पेट ही सो जाएँ।"

पप्पू की चाय की दुकान पर एक पवित्र सन्नाटा-सा छा गया। घेरे में खड़े हर एक राइडर ने सिर हिलाया। दक्षिण दिल्ली और नोएडा के उस विशाल, निष्ठुर फैलाव में, साठ साल के ताऊ रहीम और उनकी पत्नी फ़ातिमा चाची द्वारा

चलाया जाने वाला वह रात का लंगर किसी दरगाह या मंदिर से कम नहीं था। हर रात ठीक एक बजे, ओखला फ़ेज़-2 के बंद पड़े कारखानों और गोदामों के बाहर, यह बुज़ुर्ग दंपती एक अकेली टिमटिमाती स्ट्रीटलाइट के नीचे पीतल के दो विशाल देग लगा देता था। वे न कोई सवाल पूछते, न कोई आईडी कार्ड देखते, और न ही एक नया पैसा लेते। नारंगी जैकेट पहने कोई भी डिलीवरी राइडर—चाहे वह ज़ैप-इट का हो, या किसी और कंपनी का—उसे फ़ातिमा चाची के काँपते, ममतामयी हाथों से गर्मागर्म चावल की प्लेट और इलायची वाली मीठी चाय ज़रूर मिलती थी।

"कभी मत भूलना छोटू, कि ताऊ रहीम और फ़ातिमा चाची उस बर्फीली आधी रात में हवा के थपेड़े सहते हुए क्यों खड़े रहते हैं," कबीर ने अपने गिलास के तल में चायपत्ती के काले घेरे को ताकते हुए धीमे से कहा। "दो साल पहले, उनका एक इकलौता बेटा था। **आरिफ़**। वो ठीक तेरी उम्र का था—उन्नीस साल। वही कद-काठी, वही इटावा वाले जैसी मासूम मुस्कान, और जिस्म पर ठीक यही ज़ैप-इट की नारंगी जैकेट।"

छोटू ने भारी गले से थूक गटका और चाय के गिलास को और मज़बूती से जकड़ लिया।

"दीवाली से तीन दिन पहले की बात है," कबीर कहता रहा, उसकी आवाज़ में एक ऐसे कथाकार का वज़न था जो किसी शहीद को श्रद्धांजलि दे रहा हो। "दिल्ली और गुड़गाँव पर एक भयानक तूफ़ान टूट पड़ा था—मुसलाधार बारिश के साथ आँखों को अंधा कर देने वाला स्मॉग। आरिफ़ को बाइक चलाते हुए पंद्रह घंटे हो चुके थे। रात के ग्यारह बजकर चालीस मिनट पर, *विकास* ने उसके फ़ोन पर एक ज़रूरी आर्डर गिराया: सिकंदरपुर के पार एक किराने के सामान के लिए 9 मिनट की उल्टी घड़ी। अगर आरिफ़ उस 9 मिनट की सीमा से एक सेकंड

भी चूकता, तो अपने-आप जुर्माना कटता, उसकी पूरे दिन की आधी कमाई साफ़ हो जाती, और उसके इनाम का सिलसिला टूट जाता।"

कबीर रुका। सुबह की ठंडी हवा जैसे घेरे में खड़े राइडरों के इर्द-गिर्द और कस गई।

"आरिफ़ उस तूफ़ान में कहीं नहीं रुका," कबीर ने धीमी आवाज़ में कहा। "हैंडलबार पर लगे फोन में टिक-टिक करते उस लाल टाइमर के ख़ौफ़ से उसने जमा देने वाली बारिश की चादरों के बीच अपनी स्कूटी को अस्सी किलोमीटर प्रति घंटे की रफ़्तार पर झोंक दिया। जैसे ही वह सिकंदरपुर फ़्लाईओवर के मोड़ पर पहुँचा, उसका पिछला पहिया सड़क पर पड़े गीले इंजन ऑयल पर फिसल गया। स्कूटी फिसल गई। वह रेलिंग के ऊपर से नीचे जा गिरा।"

बूढ़े रमेश ने आँखें बंद कर लीं और होठों ही होठों में एक दुआ पढ़ी।

"और जानता है, जब एंबुलेंस उसके शव को ले गई, उसके ठीक दस मिनट बाद आरिफ़ के फोन पर क्या आया?" कबीर की आँखें छोटू की डबडबाई आँखों से सीधी टकराईं। "कोई ऐसा मैसेज नहीं जो ये पूछे कि वो ज़िंदा है या नहीं। *विकास* की तरफ से एक ऑटोमैटिक जुर्माने का मैसेज आया: *'आर्डर #3319 नहीं पहुँचा / सामान ख़राब। आपके खाते से 150 रुपये का जुर्माना काटा गया।'* यह थी उस जान की क़ीमत जिसके लिए आरिफ़ मरा।"

कबीर ने छोटू के काँपते कंधे पर अपना गर्म, मज़बूत हाथ रखा। "जब ताऊ रहीम और फ़ातिमा चाची ने अपने उन्नीस साल के बेटे को दफ़नाया, तो उन्होंने इस शहर को बद्दुआ नहीं दी। उन्होंने ताऊ रहीम की पुरानी लोहे की वर्कशॉप बेच दी और कसम खाई कि आज के बाद दिल्ली की इन अँधेरी, बर्फीली सड़कों पर कोई भी नाइट-शिफ़्ट राइडर भूखा या बिना दुआ के नहीं भटकेगा। रात के एक

बजे परोसी जाने वाली गरम चावल की हर एक प्लेट आरिफ़ को दी जाने वाली श्रद्धांजलि है। जब भी फ़ातिमा चाची तुम्हारे माथे पर हाथ रखकर कहती हैं कि बेटा संभल के चलाना, तो वो आरिफ़ की माँ होती है जो तुमसे ज़िंदा घर लौटने की भीख माँग रही होती है।"

छोटू ने अपने खुरदरे हाथ की उल्टी तरफ़ से आँसू पोंछा और तेज़ी से सिर हिलाया।

"इसलिए इस बात को अपने ज़हन में गाड़ ले, मेरे बब्बर शेर," कबीर ने सीधे खड़े होते हुए कहा, उसकी आँखों में एक ताज़ा, तेज़ आग धधक उठी। "हम इस काम की इज़्ज़त इसलिए करते हैं क्योंकि हमारे कंधों पर हमारे परिवारों का बोझ है। लेकिन हम इस मशीन को कभी अपने वज़ूद को भूत नहीं बनाने देंगे। हम हुनर से चलाएँगे, हम फ़ख्र से चलाएँगे, और हम इस चक्रव्यूह को ज़िंदा तोड़कर निकलेंगे।"

आप इतने बेख़ौफ़ और बिना थके कैसे रह लेते हो? छोटू ने पूछा था।

काश छोटू को इस कहानी का बाक़ी हिस्सा पता होता। काश इनमें से किसी को भी पता होता कि तीन साल पहले, कबीर चोपड़ा ग्रीस से सनी सड़क पर खड़े होकर दस रुपये की उधार की चाय नहीं पीता था। तीन साल पहले, कबीर हंसराज कॉलेज के खुले मंच के बीचोंबीच, सुनहरी रोशनियों में नहाया हुआ खड़ा होता था, और दो हज़ार छात्रों की भीड़ उसकी एक उँगली के इशारे पर झूमती थी।

वह याद कैंपस के जकरंदा फूलों की महक और ऑडिटोरियम की कॉफ़ी की तेज़ ख़ुशबू की तरह उस पर हावी हो गई।

दिल्ली विश्वविद्यालय, 2023। वह नॉर्थ कैंपस के सांस्कृतिक गलियारों का बेताज बादशाह था—नाटक मंडली का प्रेसिडेंट, वह स्टार कॉमेडियन जिसके शो के टिकट इंस्टाग्राम पर खुलते ही बारह मिनट के अंदर बिक जाते थे। उसे कॉलेज के सालाना जलसे में भीड़ की वह बहरी कर देने वाली गर्जना याद थी। उसे याद था कि कैसे वह कड़क काली शर्ट पहने, हाथ में माइक थामे मंच पर टहलता था और भारतीय मध्यमवर्गीय माता-पिता की आदतों पर ऐसे धारदार व्यंग्य करता था कि मुंबई की कॉमेडी कंपनियों के टैलेंट मैनेजर अपनी कुर्सियों पर आगे झुकने पर मजबूर हो जाते थे।

"कबीर चोपड़ा," बैकस्टेज पर प्रोड्यूसर अक्सर उसके कंधे पर थपकी देते हुए उसकी हथेली में अपने चमकदार कार्ड थमा देते थे। *"तुम पैदाइशी स्टार हो, यार। कॉलेज के बाद बस दो साल दे दो। तुम अमेज़न प्राइम के शो लिख रहे होगे, दुबई और लंदन के टूर कर रहे होगे, फ़िल्मों में हीरो बन रहे होगे। तुम्हारे अंदर वो इम्तियाज़ अली के हीरो वाला चार्म है—एक ही नज़र से किसी लड़की का दिल तोड़ दो, और अगले ही जुमले में उसे हँसने पर मजबूर कर दो।"*

उसने भरोसा किया था। एक-एक लफ़्ज़ पर। करता भी क्यों न? ज़िंदगी उसके क़दमों में बिछे किसी लाल कालीन जैसी लग रही थी।

और उस सुनहरे मुक़द्दर पर ख़ुद कबीर से भी ज़्यादा भरोसा किसी को था, तो वे थे उसके बड़े भाई, अमन, और उसकी जान से प्यारी भाभी, पूजा।

जब भी कबीर कैंपस की किसी थियेटर रिहर्सल या हौज ख़ास विलेज के स्टैंड-अप शो से देर रात लौटता, वह लाजपत नगर में अमन के किराए के उस छोटे-से दो कमरों के फ़्लैट का दरवाज़ा खोलता। चाहे रात के बारह बजे हों या एक, पूजा भाभी अपनी छोटी-सी रसोई से बाहर निकलतीं, कमर में दुपट्टा खोंसे

हुए, हाथ में स्टील की थाली लिए जिसमें गर्मागर्म राजमा-चावल और घी से टपकते पराठे सजे होते थे।

"खा ले, मेरे सुपरस्टार," पूजा भाभी हँसते हुए कबीर का कान प्यार से खींचतीं, जब वह किसी भूखे शेर की तरह खाने पर टूट पड़ता। *"हमारे इस हीरो को देखो... कोई सुपरमॉडल ब्याह के लाएगा! बस एक बात याद रखना, मिस्टर हीरो—जब तुम बांद्रा में अपना समंदर किनारे वाला बंगला ख़रीदोगे, तो तुम्हारी इस पुरानी भाभी को बालकनी वाला मास्टर बेडरूम मिलना चाहिए!"*

अमन, जो डाइनिंग टेबल पर अपनी अकाउंटिंग की किताबों और गर्म दूध के गिलास के साथ बैठा होता, अपना चश्मा ठीक करता और एक शांत, गर्व से भरी हँसी हँसता। *"वो पूरी दुनिया पर राज करने वाला है, पूजा। मेरा छोटा भाई मेरी तरह किसी दफ़्तर की मेज़ पर घिसने के लिए नहीं बना। वो चमकने के लिए पैदा हुआ है।"*

फिर, मेहर का जन्म हुआ। उनकी नन्हीं शहज़ादी। कबीर ने ही उसका नाम रखा था—*मेहर*, जिसका मतलब था रहमत, कृपा, ऊपर वाले का वरदान। जब वह मुश्किल से दो साल की थी, कबीर उसे अपने कंधों पर बिठाकर मोहल्ले के पार्क में घुमाता, कार्टूनों जैसी अजीबोगरीब आवाज़ें निकालता और कॉमेडी करता, सिर्फ उसकी वह जलतरंग जैसी खिलखिलाहट सुनने के लिए जो शाम की हवा में गूँज उठती थी।

ज़िंदगी गर्माहट, हँसी और असीम उम्मीदों का एक गीत थी।

जब तक कि वह संगीत हमेशा के लिए खामोश नहीं हो गया।

वह किसी फ़िल्मी धमाके के साथ ख़त्म नहीं हुआ। वह मथुरा रोड के एक प्राइवेट अस्पताल के आईसीयू मॉनिटर की उस ठंडी, नीरस *बीप-बीप* के साथ ख़त्म हुआ। एक अचानक हुई, बेहद आक्रामक फेफड़ों के निमोनिया ने अमन को भयानक तेज़ी से अपनी गिरफ़्त में ले लिया। क्योंकि अमन एक कच्ची नौकरी वाला अकाउंटेंट था और उसके पास कंपनी का कोई मेडिकल बीमा नहीं था, उस प्राइवेट अस्पताल ने अग्रिम जमा राशि के नाम पर लूट मचा दी—वेंटिलेटर और विदेशी साँस की मशीनों के लिए पहले तीन लाख, फिर पाँच लाख, फिर दस लाख। कबीर और पूजा ने अपना एक-एक बैंक खाता खाली कर दिया, पूजा के शादी के ज़ेवर बेच दिए, और आख़िरकार साँस लेने वाली मशीनों को चालू रखने के लिए प्राइवेट सूदखोरों से चौबीस प्रतिशत के ब्याज-पर-ब्याज (चक्रवृद्धि ब्याज) वाले ख़तरनाक मेडिकल कर्ज़ के काग़ज़ों पर दस्तख़त कर दिए।

वह भी काफ़ी नहीं रहा। चार दिन बाद, एक मनहूस मंगलवार की सुबह, अमन इस दुनिया को छोड़कर चला गया।

महज़ छियानवे घंटों के भीतर, कबीर चोपड़ा का सुनहरा भविष्य भाप बनकर उड़ गया। कैंपस का वह स्टार, वह भावी कॉमेडियन, बांद्रा के बंगलों के ख़्वाब देखने वाला लड़का ख़त्म हो गया। उसकी जगह खड़ा था एक छब्बीस साल का नौजवान, जिसके सामने **₹18,40,000 के ब्याज-पर-ब्याज वाले मेडिकल कर्ज़** का एक विशालकाय पहाड़ खड़ा था, और जिसके दरवाज़े पर उगाही वाले गुंडे लात मारते हुए घर का बचा-खुचा सामान ज़ब्त करने और उन्हें सड़क पर फेंकने की धमकियाँ दे रहे थे।

कबीर नहीं टूटा। वह न तो अपने परिवार को छोड़कर भागा, और न ही भागकर मुंबई गया।

उसने अपने मंच की शोहरत की सारी यादों को समेटा, उन्हें अपने सीने की तिजोरी में क़ैद किया, और अपने परिवार की ढाल बनकर आगे खड़ा हो गया। अपनी विधवा भाभी पूजा के साथ, उसने लाजपत नगर का घर छोड़ दिया और गोविंदपुरी की एक सस्ती, छोटी-सी एक कमरे की बरसाती में शिफ्ट हो गया। उसने एक पुरानी 2014 मॉडल की हीरो स्प्लेंडर ख़रीदी, ज़ैप-इट की नारंगी बरसाती जैकेट पहनी, और सड़कों पर उतर आया।

"कबीर भाई? ओए, कबीर भाई!"

छोटू की आवाज़ ने उसे खींचकर डार्क स्टोर 42 के बाहर की उस बर्फ़ीली गली में वापस ला पटका। कबीर ने पलकें झपकाईं, पूजा भाभी के राजमा-चावल की वह आभासी महक डीज़ल के धुएँ और गीले डामर की कड़वी बदबू में वापस घुल गई।

"आप कहाँ खो गए?" छोटू ने चिंता से पूछा। "सब ठीक तो है ना?"

"एकदम फ़र्स्ट क्लास, मेरे शेर!" कबीर ने छोटू की पीठ पर एक ऐसी ज़ोरदार थपकी मारी कि बेचारे लड़के की पसलियाँ झनझना गईं। उसने पप्पू की तरफ बीस रुपये का एक सिक्का उछाला। "बस ये हिसाब लगा रहा था कि अगले महीने क्विटर ख़रीदने के बाद मेरी कमाई कितनी होगी! चल, अपना फ़ोन चेक कर। सुबह 7:00 बजे की भीड़ अब गिरने वाली है, और आज तेरा बड़ा भाई गोल्ड के लिए दौड़ेगा!"

अपनी बरसाती जैकेट के नीचे, कबीर को अपनी शर्ट की जेब में रखी एक छोटी-सी तस्वीर का जानी-पहचानी वज़न महसूस हुआ, जो ठीक उसके दिल से सटी हुई थी। यह पाँच साल की मेहर की तस्वीर थी जो तीन दिन पहले उसके जन्मदिन पर खींची गई थी।

सुबह का वह दस्तूर उसकी आँखों के सामने घूम गया—वही ईंधन जो उसकी टाँगों में फौलाद भरता था। ठीक एक घंटे पहले, सुबह 5:45 बजे उनकी गोविंदपुरी वाली बरसाती में, जब पाँच साल की मेहर तीन भारी रज़ाइयों के नीचे दुबकी सो रही थी, विधवा भाभी पूजा छोटी रसोई में जाग चुकी थीं। वह मेहर का स्कूल का टिफिन पैक कर रही थीं और कबीर के लिए गर्म चाय का फ़्लास्क भर रही थीं। हालाँकि उनकी आँखों में अमन के जाने का वह मौन शोक हमेशा ठहरा रहता था, फिर भी भाभी पूजा एक चट्टान की तरह अड़ी थीं, कबीर के साथ मिलकर नन्हीं मेहर को पाल रही थीं और घर का ख़र्च चलाने के लिए घर से ही कपड़े सिलने का काम कर रही थीं।

कबीर गद्दे के पास घुटनों के बल बैठा था और उसने मेहर के गुलाबी रंग के पुराने, घिसे हुए खिलौने वाले ख़रगोश, *बनी साहब*, के लंबे कानों से मेहर के गाल को गुदगुदाया था।

मेहर की बड़ी, काली आँखें—जो दिल तोड़ देने की हद तक पूजा भाभी जैसी थीं—खुली थीं। उसने अपनी आँखें मलीं और मुँह फुलाया। *"मामू? आप जा रहे हो?"*

"बनी साहब की तरफ से गुड मॉर्निंग, प्रिंसेस!" कबीर ने एक बेमिसाल, पतली कार्टूनी आवाज़ निकालते हुए ख़रगोश को उसके तकिए पर एक छोटा-सा डांस कराया था। *"बनी साहब रिपोर्ट करते हैं कि कैप्टन कबीर आज सुबह अपनी इक्कीसवीं डिलीवरी पूरी करने के एक ख़ुफ़िया मिशन पर निकल रहे हैं! और जैसे ही त्योहार के हफ़्ते में हम पचास ज़रूरी डिलीवरी पूरी कर लेंगे, हम पचास हज़ार रुपये के जादुई दीवाली मेगा-बोनस का ताला खोल देंगे!"*

मेहर खिलखिलाकर हँस पड़ी और उसने ख़रगोश को अपने सीने से लगा लिया। *"पचास डिलीवरी?"*

"पूरे पचास!" कबीर ने आगे झुककर उसके गर्म माथे को चूमा था। *"और पता है जब कैप्टन कबीर वो ₹50,000 का दीवाली बोनस लॉक कर लेंगे तो क्या होगा? आज शाम जब मैं तुम्हें लेने आऊँगा, तो कनॉट प्लेस की मशहूर वैंगर्स बेकरी से बड़ी चॉकलेट पेस्ट्री लेकर आऊँगा!"*

मेहर की आँखें हैरानी से बड़ी हो गईं। *"ऊपर चाँदी के वो छोटे-छोटे मोती लगे होंगे?"*

"ढेर सारे चाँदी के मोतियों के साथ! लेकिन तभी, जब तुम वादा करो कि अपना पूरा टिफिन ख़त्म करोगी और मम्मी को बिना कोई बदमाशी किए अपनी कविताएँ सुनाओगी। मंज़ूर?"

मेहर ने अपनी नन्हीं बाहें उसके गले में डाल दीं और अपना चेहरा उसके कॉलर में छुपा लिया। *"मंज़ूर, कबीर मामू। बेस्ट ऑफ़ लक। ख़राब सड़कों पर धन्नो को ज़्यादा तेज़ मत चलाना!"*

पूजा भाभी रसोई से बाहर आई थीं, उन्होंने कबीर के कंधे पर अपना गर्म, स्नेह भरा हाथ रखा, और उनकी मुस्कान में उसके कॉलेज के दिनों का वही जाना-पहचाना, अटूट गर्व गूँज रहा था। *"संभल के चलाना, कबीर। मेहर और मैं रात को अपने चैंपियन का इंतज़ार करेंगे।"*

वह छोटा-सा कमरा ही उसकी पूरी कायनात था। विधवा भाभी पूजा और पाँच साल की मेहर वे दो लंगर थे जिन्होंने उसकी रूह को उसके जिस्म से बाँध रखा था। वह और पूजा जो भी एक-एक रुपया कमाते थे, वह दो अटल ज़रूरतों में

जाता था: पहला, हर महीने की 5 तारीख को सीधे उन दरिंदे सूदखोरों को जाने वाली **₹22,000 की मासिक क़िस्त**, ताकि उगाही के गुंडे कभी पूजा को न डराएँ या उनके दरवाज़े पर लात न मारें; और दूसरा, पाँच साल की मेहर के लिए नामी **सेंट जूड्स स्कूल** की **₹4,500 की मासिक ट्यूशन और एडमिशन फ़ीस**। कबीर अपना ख़ून बेच देगा लेकिन मेहर को किसी टूटे-फूटे सरकारी स्कूल में नहीं जाने देगा; सेंट जूड्स में, वह शानदार अंग्रेज़ी बोलती हुई बड़ी होगी, मौकों से घिरी होगी, और उस बेरहमी से हमेशा सुरक्षित रहेगी जिसने उसके पिता को छीन लिया था।

और यही वजह थी कि वह **₹50,000 का दीवाली मेगा-बोनस** ज़िंदगी और मौत का सवाल था। दीवाली आने में सिर्फ़ सात दिन बचे थे। पचास ज़रूरी आर्डर पूरे करके उस ₹50,000 के इनाम को पाना ही एकमात्र रास्ता था जिससे वह 5 तारीख को सूदखोरों की क़िस्त चुका सकता था, मेहर की स्कूल फ़ीस दे सकता था, और फिर भी उसके पास इतने पैसे बच सकते थे कि वह मेहर के लिए वह चॉकलेट पेस्ट्री और पूजा भाभी के लिए एक नया गर्म शॉल ख़रीद सके।

अगर वह नाकाम रहा, तो पूरा घर टूट जाएगा।

अचानक, डार्क स्टोर की दीवार पर लगा एक बड़ा लाल सायरन गूँज उठा। सुबह के सात बज चुके थे।

कबीर के फोन पर एक के बाद एक तेज़ कंपन हुआ, और स्क्रीन एक चमकीले पीले रंग के अलर्ट से भर गई:

✦ ✦ ✦

```
==========================================================
⚠ [ज़ैप-इट डिलीवरी अलर्ट — ज़रूरी आर्डर!] ⚠
==========================================================
📍 कहाँ से लेना है: डार्क स्टोर 42 (सेक्टर 18, गुड़गाँव)
📍 कहाँ पहुँचाना है: फ़्लैट 1402, टावर A, ऑर्किड हाइट्स
📦 सामान: 1x हिमालयन ऑर्गैनिक नींबू (45 ग्राम)
------------------------------------------------------
⏳ तय समय (SLA): 9 मिनट 00 सेकंड
💰 कमाई: ₹50 | मेहनत का आँकड़ा: 20 / 50 डिलीवरी पूरी
==========================================================
```

✦ ✦ ✦

कबीर की आँखें सिकुड़ गईं। *एक अकेला नींबू।* किसी अमीर सोसाइटी की महिला को अपनी सुबह की ग्रीन टी के लिए एक ताज़ा नींबू चाहिए था, और इस 45 ग्राम के नींबू को 9 मिनट के अंदर पहुँचाने के लिए उसे गुड़गाँव के सुबह के ट्रैफ़िक को चीरना था।

"चलो भाइयों!" कबीर ने अपना हेलमेट सिर पर रखा और पट्टी कस ली। उसने अपनी स्प्लेंडर को किक मारी, और 100cc का इंजन एक भूखे शेर की तरह गुर्रा उठा। "मंच तैयार है, दर्शक इंतज़ार कर रहे हैं, और परदा उठ चुका है! मिलते हैं दूसरी तरफ़!"

वह पप्पू की चाय की दुकान से अपनी स्प्लेंडर को तेज़ी से मोड़ते हुए बाहर सड़कों के उस ठंडे स्मॉग में निकल गया।

✦ ✦ ✦

08:52 शेष।

डार्क स्टोर 42 के अंदर, ट्यूबलाइटों की रोशनी और चिल्लाते पैकर्स के शोर से गूँज रहा था। कबीर काउंटर के सामने ब्रेक मारते हुए रुका, हेलमेट कसा हुआ था, बाहर इंजन चालू था।

"आर्डर 4992!" कबीर ने लोहे के काउंटर पर हथेली मारते हुए आवाज़ लगाई। "कहाँ है? जल्दी दे!"

थके-हारे गोदाम के सुपरवाइज़र मनोज ने एक सील बंद भूरे रंग का कागज़ का थैला काउंटर के पार उछाला। उसमें वज़न के नाम पर कुछ नहीं था। अंदर एक अकेला हिमालयन ऑर्गैनिक नींबू काग़ज़ में लिपटा हुआ बैठा था।

"पैंतालीस ग्राम नींबू," मनोज ने सिर हिलाते हुए बुदबुदाया। "ज़रूरी आर्डर। तेरे पास आठ मिनट और चालीस सेकंड बचे हैं, कबीर। नींबू पानी के पीछे अपनी गर्दन मत तुड़वा लेना।"

"ये नींबू पानी नहीं है, मनोज," कबीर ने थैला झपटते हुए और उसे अपने कंपनी के गर्म बैग में सुरक्षित रखते हुए चिल्लाकर कहा। "ये पचास हज़ार रुपये हैं! ये मेहर की एडमिशन फ़ीस और उसकी चॉकलेट पेस्ट्री है!"

वह तेज़ी से वापस बाहर ठंडी हवा में दौड़ा, स्प्लेंडर पर टाँग घुमाई, और साइड स्टैंड ऊपर मारा। अगला पहिया चीखा जब उसने फुटपाथ से बाइक को नीचे उतारा और सेक्टर 18 के ट्रैफ़िक के तूफ़ान में छलाँग लगा दी।

08:14 शेष।

सेक्टर 18 को गोल्फ़ कोर्स रोड से जोड़ने वाली सड़क पर सुबह का जाम एक भयानक, चीखता हुआ अजगर था। सफ़ेद टोयोटा फ़ॉर्च्यूनर, हॉर्न बजाती स्कूल बसें, और काली सेडान गाड़ियों की एक ठोस दीवार बिल्कुल सटी खड़ी थी, जो दीवाली के स्मॉग में अपना धुआँ उगल रही थी।

किसी आम राइडर के लिए, यह एक अभेद्य दीवार थी। कबीर चोपड़ा के लिए, यह एक ऐसा रंगमंच था जो साहस और हौसले की माँग करता था।

"चलो धन्नो," कबीर बस के इंजन के शोर को चीरते हुए चिल्लाया, उसकी आँखें आगे लोहे और काँच के जाल के बीच रास्ते तलाश रही थीं। "तू और मैं। एकदम *धूम* फ़िल्म के मोटरसाइकिल चेज़ की तरह, बस फ़र्क इतना है कि हमारे पास जॉन अब्राहम के बाइसेप्स या हायाबूसा नहीं है। हमारे पास है खालिस पंजाबी स्वैग!"

उसने बाइक को बाईं ओर मोड़ा, और हल्की स्प्लेंडर को एक नगर निगम के कूड़े के ट्रक और एक चमचमाती बीएमडब्लू (BMW) के बीच की महज़ नौ इंच की चौड़ाई में घुसा दिया। बीएमडब्लू के ड्राइवर ने हॉर्न का तूफ़ान खड़ा कर दिया और खिड़की नीचे करके अंग्रेज़ी मिली-जुली हिंदी में गालियों की बौछार कर दी।

"गुड मॉर्निंग, सर!" कबीर ने अपनी जानी-पहचानी नाटकीय मुस्कान बिखेरते हुए वापस आवाज़ लगाई, जब उसका हैंडलबार बीएमडब्लू के साइड मिरर से दो मिलीमीटर के फ़ासले से निकला। "दफ़्तर का दिन शुभ हो! पानी पीते रहिएगा, सेहत बनाए रखिए!"

उसने रेस दबाई और एक ज़बरदस्त झटके के साथ बाइक को ऊँचे फुटपाथ पर चढ़ा दिया जिससे उसकी रीढ़ की हड्डी तक हिल गई। पैदल चलने वाले लोग कबूतरों की तरह तितर-बितर हो गए, जब कबीर ने उस कंक्रीट की पतली पट्टी

पर अपनी बाइक दौड़ाई। उसका संतुलन बेमिसाल था, रगों में दौड़ते जोश के बावजूद उसका शरीर एकदम लय में और सहज था।

06:45 शेष।

वह फुटपाथ से नीचे उतरा और गोल्फ़ कोर्स रोड **सिकंदरपुर फ़्लाईओवर चौराहे** की ओर खुल गई—और तभी उसके दिल की धड़कन एक पल के लिए रुक गई। सामने दो बाधाएँ थीं: मुख्य अंडरपास के रास्ते को रोकता हुआ दिल्ली पुलिस का पीला बैरिकेड, जिसके दोनों ओर सिपाही कागज़ात चेक कर रहे थे, और ठीक उसके ऊपर, सिकंदरपुर फ़्लाईओवर का वह घुमावदार कंक्रीट का पुल।

वही मोड़ जहाँ दो साल पहले उन्नीस साल का आरिफ़ 9 मिनट के ज़ैप-इट टाइमर से लड़ते हुए किनारे से नीचे गिर गया था।

सड़क से उठते धुएँ के भूरे गुबार में, कबीर को जैसे गीले कंक्रीट पर आरिफ़ की बाइक की लाल परछाईं फिसलती हुई दिखाई दे गई। अगर वह सुबह की बजरी पर सत्तर किलोमीटर प्रति घंटे की रफ़्तार से फ़्लाईओवर पर जाता, तो उसके घिसे हुए पिछले पहिये की एक फिसलन उसे उसी मौत की खाई में फेंक देती जिसने ताऊ रहीम और फ़ातिमा चाची की ज़िंदगी तबाह की थी। लेकिन अगर वह नीचे पुलिस बैरिकेड पर रोका गया, तो काग़ज़ों की जाँच में चार मिनट बर्बाद होंगे—यानी तुरंत समय सीमा ख़त्म, और ₹50,000 का दीवाली मेगा-बोनस हमेशा के लिए ख़ाक।

दोनों में से कुछ नहीं, कबीर ने सोचा, उसका जबड़ा लोहे की तरह कस गया। *मैं आरिफ़ की तरह उस फ़्लाईओवर पर मरने नहीं वाला, और न ही मैं विकास को किसी पुलिस बैरिकेड पर अपने परिवार का भविष्य चुराने दूँगा।*

कबीर ने ब्रेक को छुआ तक नहीं। चेकपॉइंट से पचास मीटर पहले, उसकी नज़र एक पतली, कच्ची नाली वाली गली पर पड़ी जो एक सबवे खुदाई की जगह और एक बंद हार्डवेयर की दुकान के बीच दबी थी—एक ऐसा रास्ता जो टूटे कंक्रीट के टुकड़ों, कीचड़ के गड्ढों और सोते हुए आवारा कुत्तों से भरा था।

"अपने कान कस के पकड़ ले, मेहर!" वह बुदबुदाया।

वह फुटपेग पर खड़ा हो गया, किसी पेशेवर रेसर की तरह अपना शरीर पीछे की तरफ झुकाया, और चालीस किलोमीटर प्रति घंटे की रफ़्तार पर स्प्लेंडर को उस गंदगी से भरी गली में झोंक दिया। बाइक कंक्रीट के मलबे पर बुरी तरह उछली, अगला सस्पेंशन धातु के टकराने की तेज़ *खट-खट* आवाज़ के साथ नीचे तक बैठ गया। कीचड़ से दो आवारा कुत्ते उछले और उसके घूमते पिछले पहिये को देखकर पागलों की तरह भौंकने लगे।

"आज नहीं, मेरे शेरो!" कबीर हवा में चीखता और पागलों की तरह हँसता हुआ चिल्लाया, उसने जंग लगे लोहे के सरियों के एक ढेर के किनारे से बाइक लहराई और गली के दूसरे छोर से बाहर निकला, और सीधे गोल्फ़ कोर्स रोड के खुले हिस्से पर जा गिरा—पुलिस चेक पोस्ट और फ़्लाईओवर के ख़ूनी मोड़, दोनों के बिल्कुल पार!

उसने हैंडलबार पर लगे अपने स्मार्टफोन पर नज़र डाली।

✦ ✦ ✦

```
=================================================
[ज़ैप-इट राइडर ऐप — रास्ता अपडेट]
रफ़्तार: 54 किमी/घंटा | बची दूरी: 1.9 किलोमीटर
------------------------------------------------
बचा समय: 05 मिनट 12 सेकंड
स्थिति: सही रास्ते पर (+14 सेकंड आगे)
=================================================
```

✦ ✦ ✦

"यस!" कबीर फुफ़कारा, हवा के दबाव को कम करने के लिए वह हैंडलबार पर एकदम झुक गया। गोल्फ़ कोर्स रोड की चौड़ी सड़क सामने फैली थी, जिसके दोनों तरफ सुबह के हल्के सूरज की रोशनी को चमकाते विशाल काँच के टावर खड़े थे। "चौदह सेकंड बचा लिए! हमने फ़्लाईओवर का जाल तोड़ दिया, आरिफ़ भाई! हम वो पेस्ट्री घर लेकर जा रहे हैं!"

04:30 शेष।

फिर, धुंध के बीच से वह चीज़ ऐसे उभरी जैसे राजाओं को आम इंसानों से अलग करने के लिए कोई क़िला बनाया गया हो: **ऑर्किड हाइट्स**।

इम्पोर्टेड संगमरमर, चमचमाते काँच और लटकते बागीचों से बने दो जुड़वाँ टावर जो गुड़गाँव के आसमान में पैंतीस मंज़िल ऊपर तक जाते थे। बिजली के तारों वाली कँटीली बाड़ से घिरी चारदीवारी, जिसकी सुरक्षा में बेदाग़ काली वर्दी पहने निजी सुरक्षा गार्ड तैनात थे।

उन अमीर रईसों के लिए जो ज़ैप-इट पर महंगी चीज़ें और सब्ज़ियाँ मँगवाते थे, ऑर्किड हाइट्स एक शांत, प्रदूषण-मुक्त जन्नत था।

उन डिलीवरी राइडरों के लिए जो उन्हें सर्विस देते थे, यह एक **चक्रव्यूह** था—एक ऐसा प्राचीन, अभेद्य जाल जिसे उनकी कमाई और आत्मसम्मान छीनने के लिए बनाया गया था।

कबीर ने अपनी बाइक को तेज़ी से सर्विस ड्राइववे में मोड़ा, और **गेट 2 (सर्विस और घरेलू स्टॉफ़)** के विशाल काले लोहे के दरवाज़ों के सामने जा रुका।

सुरक्षा बैरियर के सामने तीन डिलीवरी वैन और दो लॉन्ड्री स्कूटरों की लाइन फँसी खड़ी थी। गार्ड के केबिन पर खड़ा था हेड सिक्योरिटी सुपरवाइज़र यादव—एक कसरती बदन वाला पूर्व सेना का सूबेदार जिसकी घनी मूँछें थीं, हाथ में टैबलेट था, और जिसके मन में डिलीवरी की वर्दी पहनने वाले हर इंसान के प्रति एक गहरा संदेह बसा था।

कबीर ने अपनी बाइक को एक लॉन्ड्री स्कूटर के बगल से निकाला और अपना हेलमेट उतार दिया, पतझड़ की ठंडी हवा में भी उसके माथे पर पसीना चमक रहा था।

"यादव साहब!" कबीर ने आवाज़ लगाई, केबिन की तरफ अपनी दिल जीत लेने वाली मुस्कान उछालते हुए। "राजपूताना के गौरव को सुबह की राम-राम! दरवाज़े खोल दो मेरे भाई, तुम्हारा पसंदीदा राइडर आज हाई-लेवल का पार्सल लेकर आया है!"

यादव ने अपने टैबलेट से नज़रें नहीं उठाईं। उसने पास के एक गमले में लाल पान की पीक थूकी।

"बाइक को चारदीवारी के बाहर कच्ची ज़मीन में खड़ी कर, #88492," यादव गुर्राया, उसकी आवाज़ ऐसी थी जैसे पत्थर पिस रहे हों। "सुबह 8:00 बजे से पहले बाहरी गेट के अंदर किसी भी टू-व्हीलर की इजाज़त नहीं है। सोसाइटी कमेटी का हुक्म है। जा, बाहर खड़ी कर के आ, फिर अपनी जैकेट उतार, आधार कार्ड दिखा, और विज़िटर रजिस्टर में अपनी एंट्री कर।"

कबीर की आँखें तेज़ी से अपनी स्क्रीन पर गईं।

03:48 शेष।

"यादव सर," कबीर ने कहा, उसकी आवाज़ से मज़ाक का रंग गायब हो चुका था, वह अब कसी हुई, बेचैन और एक मानवीय पुकार से भरी थी। "मेरे टाइमर को देखिए। पूरी डिलीवरी के लिए मेरे पास तीन मिनट और चालीस सेकंड बचे हैं। अगर मैं बाहर बाइक लगाता हूँ और पैदल पूरा अहाता पार करता हूँ, तो दो मिनट लग जाएँगे। अगर स्कैनर ने देरी की या ओटीपी माँगा, तो मेरा समय टूट जाएगा। मेरे पचास रुपये की कमाई जाएगी, मेरी आईडी चौबीस घंटे के लिए बंद होगी, और मेरी भतीजी के ₹50,000 के दीवाली मेगा-बोनस और स्कूल की फ़ीस डूब जाएगी। बस मुझे टावर A की बेसमेंट पार्किंग तक जाने दीजिए। बस एक बार।"

"क्या ये ज़ैप-इट की मशीन मैंने बनाई है?" यादव केबिन से बाहर आते हुए और अपने डंडे पर हाथ रखते हुए गरजा। "क्या मैंने तेरे बंगलौर के मालिकों से कहा था कि ढाई किलोमीटर पार करने के लिए नौ मिनट दें? नियम तो नियम हैं, लड़के। बाहर खड़ी कर या आर्डर कैंसिल कर।"

आर्डर कैंसिल कर। दोनों ही हाल में चौबीस घंटे का सस्पेंशन।

कबीर ने यादव के चेहरे को देखा। उसने उस आदमी के अंदर एक ऐसा अड़ियल, अफ़सरशाही घमंड देखा जो पचास मीटर के दायरे में ख़ुद को ख़ुदा समझता था। बहस करने में नब्बे सेकंड बर्बाद होते। लड़ने से पुलिस केस बन जाता।

उसे अपने हुनर की ज़रूरत थी। उसे हंसराज के उस जादू की ज़रूरत थी।

कबीर एक ही सधे हुए झटके में बाइक से कूदा, गेट के ठीक सामने स्टैंड गिराया, और सीधे यादव के सामने जा खड़ा हुआ। वह गुस्से में नहीं लग रहा था; वह बेहद, गहरे रूप से प्रभावित लग रहा था।

"जानते हैं यादव साहब," कबीर ने धीमे से कहा, सिर हिलाते हुए एक सच्ची श्रद्धा के साथ, जब उसने अपना बैग खोलकर कागज़ का लिफ़ाफ़ा दिखाया। "मेरे बड़े भाई अमन हमेशा मुझसे कहते थे: *'कबीर, अगर ज़िंदगी में कभी कोई ऐसा मर्द मिले जो अनुशासन से ऊपर अपने फ़र्ज़ को रखता हो, तो उसकी इज़्ज़त करना।'* आप बिल्कुल सही कह रहे हैं। अगर आप मुझे अंदर जाने देंगे, तो आप टावर A की सुरक्षा से समझौता करेंगे। क्या पता मेरे पास कोई ग़लत सामान हो? क्या पता मेरी बाइक के तेल से यहाँ का संगमरमर ख़राब हो जाए?"

यादव ने पलकें झपकाईं, अचानक मिली इस इज़्ज़त से वह हक्का-बक्का रह गया। "बिल्कुल। मैं भी तो यही कह रहा हूँ—"

"तो मैं दौड़ूँगा," कबीर ने ऐलान किया, आगे झुकते हुए और यादव की छाती पर लगे चाँदी के बैज को थपथपाते हुए। "मैं इस गेट से टावर A तक अपने दोनों पैरों पर भागूँगा। लेकिन यादव सर... सुबह की शिफ़्ट के एक साथी फ़ौजी होने के नाते... मुझ पर एक एहसान कर दीजिए। अपने टैबलेट पर मेरी एंट्री अभी पास कर दीजिए ताकि मुझे टावर की लॉबी में रिसेप्शनिस्ट के बज़र दबाने का इंतज़ार न करना पड़े। मुझे घड़ी से लड़ने दीजिए, दरवाज़ों से नहीं।"

यादव ने कबीर की आँखों में झाँका—मुस्कान के पीछे छिपी वह सुलगती, बेचैन आग देखी, उसके माथे से टपकते पसीने को देखा। एक पल के लिए, उस पूर्व सैनिक ने एक अलग तरह की वर्दी में लड़े जा रहे एक ऐसे ही बेजोड़ सिपाही को पहचान लिया।

यादव ने हुँकार भरी, और अपने पेन से काँच के टैबलेट पर तीन बार टैप किया। "टावर A का सर्विस रास्ता खोल दिया है। भाग, चोपड़ा। और सुन, अगर उन गंदे जूतों से लॉबी के संगमरमर पर एक भी निशान पड़ा ना, तो महीने भर के लिए बैन कर दूँगा।"

"भगवान करे आपकी मूँछें दिल्ली-आगरा हाईवे से भी लंबी हों!" कबीर चिल्लाया।

उसने भूरा कागज़ का थैला पकड़ा, अपनी स्प्लेंडर की तरफ पीठ की, और पैदल दरवाज़ा पार करते हुए ऑर्किड हाइट्स के अंदरूनी परिसर में दौड़ पड़ा।

02:52 शेष।

ऑर्किड हाइट्स का बीच का अहाता एक ऐसी बेमिसाल अमीरी का नज़ारा था। एक बड़ा स्विमिंग पूल टाइलों के ऊपर से भाप की हल्की चादरें उड़ा रहा था। फव्वारों से सींचे गए बेदाग़ हरे लॉन, टावर A और टावर B के विशाल काँच के ढाँचों की तरफ फैले थे।

कबीर ऐसे भागा जैसे उसकी जान इस पर टिकी हो—क्योंकि वास्तव में उसका आत्मसम्मान और वे वादे जिन पर वह ज़िंदा था, इसी पर टिके थे।

उसके घिसे हुए कैनवस के जूते पत्थर के रास्तों पर एक लय में बज रहे थे: *छपाक-छपाक-छपाक-छपाक*। उसके फेफड़े अहाते की ठंडी, साफ़ हवा खींच रहे थे, उसकी जाँघें नारंगी जैकेट के नीचे पिस्टन की तरह चल रही थीं।

सामने खड़ा था **टावर A**। आसमान छूती रिहायशी लक्ज़री की चौदह मंज़िलें।

वह सर्विस स्टॉफ़ के लिए तय किए गए साइड के काँच के दरवाज़े से अंदर घुसा, मुख्य लॉबी को दरकिनार करते हुए जहाँ रिसेप्शनिस्ट गोल मेज़ के पीछे बैठे थे। वह पीछे की तरफ बने **सर्विस लिफ़्ट** के भारी लोहे के दरवाज़े से जा टकराया।

उसने लिफ़्ट का बटन अपनी हथेली से दबाया।

✦ ✦ ✦

```
=================================================
[ज़ैप-इट राइडर ऐप — ख़तरे की चेतावनी]
बचा समय: 02 मिनट 08 सेकंड
स्थिति: समय ख़त्म होने का भारी ख़तरा! तुरंत आगे बढ़ें।
=================================================
```

✦ ✦ ✦

उसने सर्विस लिफ़्ट के दरवाज़े के ऊपर लगे डिजिटल नंबर को देखा।

[14]

पीला नंबर टिमटिमाया। वह 13 पर नहीं आया। वह 12 पर नहीं आया।

[14]

"आ जा, आ जा यार," कबीर बुदबुदाया, प्लास्टिक के बटन को बार-बार दबाते हुए जब तक कि उसका अँगूठा दुखने न लगा। "नीचे आ। प्लीज़ नीचे आ।"

शाफ़्ट के अंदर, लिफ़्ट की लोहे की आवाज़ अपनी जगह स्थिर रही। ऊपर से चौदहवीं मंज़िल पर साफ़-सफ़ाई वाले दल द्वारा बड़े प्लास्टिक के कूड़ेदानों को लिफ़्ट में खींचे जाने की दबी हुई आवाज़ आ रही थी। वे लिफ़्ट के दरवाज़ों को पूरा खोले खड़े थे।

उसने अपने फोन की स्क्रीन देखी।

01:42 शेष।

एक सौ बाईस सेकंड।

अगर वह चौदहवीं मंज़िल पर साफ़-सफ़ाई दल के डिब्बों को लादने का इंतज़ार करता, तो लिफ़्ट को नीचे आने में कम से कम साठ सेकंड लगते, पंद्रह सेकंड खाली होने में, और फिर उसे ऊपर ले जाने में चालीस सेकंड।

गणित झूठ नहीं बोलता। लिफ़्ट का इंतज़ार करना तयशुदा हार थी।

कबीर ने धीरे से अपना सिर दाईं तरफ घुमाया।

लिफ़्ट के बगल में एक भारी हरा स्टील का दरवाज़ा था जिस पर लाल रंग का बोर्ड चमक रहा था: **फ़ायर सीढ़ियाँ — सभी मंज़िलों तक पहुँच**।

चौदह मंज़िलें। हर मंज़िल बीस फ़ीट ऊँची। दो सौ अस्सी खड़ी कंक्रीट की सीढ़ियाँ जो सीधे आसमान में जा रही थीं।

नब्बे सेकंड में चौदह मंज़िल की सीढ़ियाँ चढ़ना एक जानलेवा शारीरिक परीक्षा थी। जाँघों की नसें भर जाएँगी; फेफड़ों में जलन होगी; दिल की धड़कन अपने अधिकतम स्तर को पार कर जाएगी।

कबीर ने आधे सेकंड के लिए अपनी आँखें बंद कीं।

अपनी पलकों के पीछे के अँधेरे में, उसे कोई मशीन नहीं दिखी। उसे पचास रुपये की कमाई या नारंगी जैकेट नहीं दिखी।

उसे गोविंदपुरी के घर में बैठी पाँच साल की मेहर दिखी, जो अपनी गोद में *बनी साहब* को थामे दरवाज़े की तरफ देख रही थी, इस इंतज़ार में कि कैप्टन कबीर बेकरी का डिब्बा लेकर अंदर आएँगे।

उसे हर तूफ़ान में उसके साथ चट्टान की तरह खड़ी भाभी पूजा दिखीं, जिनकी आवाज़ एक अटूट विश्वास के साथ गूँज रही थी: *"हमारे इस हीरो को देखो... कोई सुपरमॉडल ब्याह के लाएगा! हमारा कबीर चमकने के लिए पैदा हुआ है।"*

उसे आरिफ़ की ग़मज़दा माँ, फ़ातिमा चाची याद आईं, जो रात के एक बजे स्ट्रीटलाइट के नीचे गरम चावल परोसती थीं ताकि कोई भी राइडर अँधेरे में टूट न जाए।

कबीर ने अपनी आँखें खोलीं। वे एक ख़ौफ़नाक, प्रचंड चमक से जल रही थीं।

"विकास," कबीर खाली कंक्रीट के गलियारे में गुर्राया। "तुझे लगता है तू मुझे गुरुत्वाकर्षण से तोड़ देगा? ये देख।"

उसने अपने कंधे के धक्के से हरे स्टील के दरवाज़े को खोला और सीढ़ियों में कूद पड़ा।

01:30 शेष।

वह एक बार में तीन-तीन सीढ़ियाँ फाँद रहा था।

एक-दो-तीन, मोड़ आया। एक-दो-तीन, रेलिंग पकड़कर ख़ुद को मोड़ पर घुमाया।

तीसरी मंज़िल। उसकी साँसें स्थिर थीं, एक लय में थीं, उसके क़दमों की ताल से ताल मिला रही थीं।

छठी मंज़िल। भारी नारंगी जैकेट किसी भट्टी की तरह गर्मी रोकने लगी। उसने ऊपर भागते हुए ही अपना हाथ बढ़ाया, ज़िप को खींचकर कमर तक खोल दिया, और जैकेट को नारंगी पंखों की तरह अपने पीछे फड़फड़ाने दिया।

नौवीं मंज़िल।

01:05 शेष।

शारीरिक थकावट किसी कंक्रीट की दीवार की तरह उससे आ टकराई। उसकी जाँघों की मांसपेशियाँ—जो सुबह की भीड़ में बीस डिलीवरी से पहले ही थक चुकी थीं—अब तेज़ जलन से दहकने लगीं। ऊपर उठने का हर क़दम ऐसा लग रहा था जैसे भारी वज़न उठाना हो। उसके फेफड़े सीटी बजा रहे थे, सीढ़ियों की उस सूखी हवा को खींच रहे थे जिसमें लोहे और तांबे का स्वाद था।

नंबरों को मत देख, उसने ख़ुद से कहा, रेलिंग को जकड़ते हुए और अपने शरीर को खींचकर दसवीं मंज़िल पर फेंकते हुए। *बस अगली सीढ़ी पर ध्यान दे।*

ग्यारहवीं मंज़िल।

00:44 शेष।

उसकी आँखों के किनारों पर धुंधलापन छाने लगा। माथे से पसीना बहकर आँखों में जा रहा था और नमक से जलन पैदा कर रहा था। बारहवीं मंज़िल की सीढ़ी के किनारे पर उसका पैर लड़खड़ाया, और उसका बायाँ घुटना कंक्रीट के किनारे से ज़ोर से टकराया।

दर्द की एक तेज़ लहर उसकी जाँघ तक दौड़ गई।

"नहीं!" कबीर दहाड़ा, रेलिंग को जकड़ते हुए और अपनी गति को खोए बिना ख़ुद को सीधा खड़ा करते हुए। "आज नहीं! तुझे मेहर की पेस्ट्री नहीं मिलेगी! तुझे उसकी स्कूल की फ़ीस नहीं मिलेगी!"

वह दो क़दम लंगड़ाते हुए चला, फिर अपनी पूरी ताकत को झोंककर अपने घायल घुटने को सीधा किया और अपने शरीर को ऊपर धकेल दिया।

तेरहवीं मंज़िल।

वह चौदहवीं मंज़िल के लिफ़्ट वाले दरवाज़े को पार कर गया, जहाँ अंदर साफ़-सफ़ाई का दल अभी भी कूड़े के डिब्बों पर बहस कर रहा था। उसने मशीन को हरा दिया था।

चौदहवीं मंज़िल।

00:11 शेष।

कबीर एक ज़बरदस्त धमाके के साथ चौदहवीं मंज़िल पर पहुँचा, उसकी हथेली भारी लोहे के हैंडल पर जा लगी। उसने अपना पूरा वज़न उस पर झोंक दिया।

दरवाज़ा एक मुलायम आवाज़ के साथ खुला, और वह टावर A के चौदहवीं मंज़िल के शांत गलियारे में आ गिरा।

यह बदलाव चौंकाने वाला था। गलियारे में मखमली कालीन बिछा था, छत में मुलायम रोशनी थी, और दीवारों पर सुंदर कलाकृतियाँ टँगी थीं। वहाँ महँगे चमेली के इत्र की महक थी और एक गहरा सन्नाटा था।

कबीर सीढ़ियों के दरवाज़े से बाहर लड़खड़ाता हुआ निकला, उसकी छाती गहरी, हाँफती साँसों से ऊपर-नीचे हो रही थी, पसीना उसकी ठुड्डी से टपककर नारंगी जैकेट पर गिर रहा था। उसके दाएँ हाथ में कागज़ का वह भूरा थैला मज़बूती से जकड़ा हुआ था जिसमें एक अकेला हिमालयन नींबू रखा था।

उसने अपने फोन की स्क्रीन पर देखा।

✦ ✦ ✦

```
==============================================
[ज़ैप-इट राइडर ऐप — अंतिम पड़ाव]
पहुँचना है: फ़्लैट 1402 (टावर A)
----------------------------------------------
बचा समय: 00 मिनट 07 सेकंड
स्थिति: ख़तरे की सीमा / आख़िरी क्षण
==============================================
```

सात सेकंड।

उसने लंबे, कालीन बिछे गलियारे में देखा।

बाईं तरफ: **फ़्लैट 1401**।

दाईं तरफ, गलियारे के आख़िरी छोर पर तीस फ़ीट दूर: **फ़्लैट 1402**। गहरे, पॉलिश किए हुए सागौन की लकड़ी से बना एक भव्य दोहरा दरवाज़ा, जिस पर पीतल का हैंडल और एक चमकता हुआ डोरबेल का बटन लगा था।

00:06।

कबीर ने दीवार से ख़ुद को धक्का दिया, अपने बाएँ घुटने में उठती दर्द की चीख को पूरी तरह नज़रअंदाज़ करते हुए। वह दौड़ा नहीं; उसने एक बेचैन छलाँग में ख़ुद को गलियारे में झोंक दिया, उसके जूतों की आवाज़ उस मोटे कालीन में दबकर रह गई।

00:04।

बीस फ़ीट दूर।

00:03।

दस फ़ीट दूर।

00:02।

वह **फ़्लैट 1402** के सागौन के दोहरे दरवाज़ों के ठीक सामने एक झटके से रुका।

उसका बायाँ हाथ तेज़ी से फोन पर गया, उसका अँगूठा **[दरवाज़े पर पहुँचे]** बटन के ठीक ऊपर मँडरा रहा था।

उसका काँपता हुआ दायाँ हाथ चमकते पीतल के डोरबेल स्विच की तरफ बढ़ा।

00:01।

उसकी उँगली ने डोरबेल दबाई। सागौन की लकड़ी के उस पार बने क़िले में एक सुरीली घंटी गूँज उठी।

उसी क्षण, उसके अँगूठे ने उसके स्क्रीन के हरे बटन को दबा दिया।

सर्वर से सिंक होते समय ऐप एक पल के हज़ारवें हिस्से के लिए रुका।

फिर, स्क्रीन पर चमका:

```
==================================================
[ज़ैप-इट राइडर ऐप — डिलीवरी सफल]
आर्डर आईडी: #4992-GCR-VIP
समय: सुबह 07:10:59 (तय समय: ठीक 08 मिनट 59 सेकंड पर पूरा)
स्थिति: सफल — समय सीमा के भीतर (+01 सेकंड आगे)
कमाई: ₹50.00 खाते में जमा | दीवाली बोनस सुरक्षित
==================================================
```

✦ ✦ ✦

कबीर ने अपना माथा दरवाज़े की ठंडी चौखट से टिका दिया, उसकी छाती गहरी, विजयी साँसों में ऊपर-नीचे हो रही थी। उसने आँखें बंद कर लीं, उसके गले में सुलगती थकावट के बीच से एक बेदम हँसी फूट पड़ी।

"हमने कर दिखाया, अमन भाई," उसने लकड़ी में फुसफुसाते हुए कहा, उसकी टाँगें उसके नीचे काँप रही थीं। "हमने चक्रव्यूह तोड़ दिया।"

फ़्लैट 1402 के अंदर से, उसे भारी ताले के खुलने की तेज़ आवाज़ सुनाई दी। एक ताला। दो ताले। फिर एक कुंडी के पीछे हटने की हल्की गूँज।

सागौन का भारी दरवाज़ा धीरे-धीरे खुलने लगा।

कबीर ने अपना शरीर सीधा किया, पसीने से भीगे अपने काले बालों में हाथ फेरा, और अपनी वही मशहूर, दिल जीत लेने वाली मुस्कान चेहरे पर सजा ली—तैयार था उस पचास रुपये के नींबू को उस कॉर्पोरेट हस्ती को सौंपने के लिए जो भी उस दरवाज़े के दूसरी तरफ खड़ा था।

उसने ऊपर देखा।

फ़्लैट 1402 के दरवाज़े पर खड़ी थीं मिसेज़ कपूर (आंटी), साठ साल की एक सोसाइटी आंटी जो बेहद सलीके से कसी हुई सूती साड़ी पहने थीं, और अपनी सुबह की चाय के लिए हाथ बाँधे बेसब्री से इंतज़ार कर रही थीं।

उन्होंने अपनी हीरे जड़ी कलाई घड़ी देखी और नाराज़गी से जीभ चटकाई। "आठ मिनट और उनसठ सेकंड, भैया! इतनी बड़ी सोसाइटी में रहने के बावजूद अपनी

सुबह की ग्रीन टी के ताज़े नींबू के लिए हमें एकदम आख़िरी सेकंड तक इंतज़ार करना पड़ता है!"

कबीर ने अपनी वही क्लासिक मुस्कान बिखेरी, नाटकीय अंदाज़ में थोड़ा झुकते हुए कागज़ का थैला आगे बढ़ाया। "वादे के मुताबिक़ बिल्कुल वक़्त पर, कपूर मैम! एक सेकंड भी लेट नहीं। गुड़गाँव के चक्रव्यूह को चीरते हुए सीधे आप तक पहुँचा ताज़ा हिमालयन नींबू!"

उसके इस बेपरवाह, नाटकीय चार्म के सामने मिसेज़ कपूर भी अपना गुस्सा नहीं रोक पाईं। उन्होंने थैला ले लिया, और एक हल्की-सी मुस्कुराहट के साथ सिर हिलाते हुए धीरे से सागौन का दरवाज़ा बंद कर दिया।

कबीर ने अपनी स्क्रीन पर देखा। एक सुनहरी, चमकदार रोशनी के साथ नोटिफ़िकेशन बजा:

✦ ✦ ✦

```
==================================================
[डिलीवरी पूरी — समय: 08 मिनट 59 सेकंड]
मेहनत का आँकड़ा: 4.86 पर कायम
दीवाली बोनस प्रगति: 21 / 50 डिलीवरी पूरी
==================================================
```

✦ ✦ ✦

सिर्फ़ उनतीस और सफल डिलीवरी उसके और उस ₹50,000 के दीवाली मेगा-बोनस के बीच खड़ी थीं जो पाँच साल की मेहर के स्कूल एडमिशन की फ़ीस पक्की करेगा, सूदखोरों की क़िस्त चुकाएगा, और उसके लिए वैंगर्स की चॉकलेट पेस्ट्री लेकर आएगा। उसने वातानुकूलित गलियारे की हवा की एक गहरी, सुकून भरी साँस ली, अपने दिवंगत भाई अमन को दिल ही दिल में शुक्रिया कहा, और वापस सीढ़ियों की तरफ मुड़ गया। दीवाली का असली तूफ़ान तो बस अभी शुरु ही हुआ था।

✦ ✦ ✦

अध्याय १ समाप्त

✦ ✦ ✦

❖ ❖ ❖

अध्याय २ : रात के ढाई बजे — एक चिंगारी, एक बेदर्द मशीन

"आज रात हमारे बीच बहुत बढ़िया तालमेल रहा, बेब," रोहन बोला।

उसकी उँगलियाँ अपनी लिनन की शर्ट के सीप के चमकते बटन बंद कर रही थीं — उस मशीनी फुर्ती से, जिस तरह कोई फ़ोन पर बेकार का मैसेज हटाता है। न आहट, न झिझक। बस एक काम निपटाने की आदत।

"सच कहूँ तो एकदम नंबर वन फीलिंग थी।"

तारा शर्मा किचन के किनारे खड़ी थी। नंगे पाँव। फ्लैट 2402, आर्किड हाइट्स, टावर बी, 24वीं मंज़िल का ठंडा इटैलियन मार्बल उसके तलवों को काट रहा था। उसने वाइन का आधा गिलास सीने से लगाया हुआ था — ढाल की तरह। वो पलकें नहीं झपक रही थी। मुस्कुरा नहीं रही थी। बस देख रही थी — रोहन को, जो अपनी महंगी स्मार्ट घड़ी में टाइम देखते हुए अपनी पैंट में शर्ट डाल रहा था।

"तालमेल?" तारा ने दोहराया। आवाज़ में वो गर्माहट ग़ायब थी जो उसने दो घंटे से झूठ-मूठ ओढ़े रखी थी।

"रोहन, हमने सोफ़े पर घड़ी देखकर ठीक बारह मिनट बिताए। तुमने अपने हाथ का फिटनेस पट्टा तक नहीं उतारा। इसे तालमेल नहीं कहते। इसे मशीन की तरह काम निपटाना कहते हैं।"

रिया की आवाज़ किसी पुराने टेप की तरह उसके ज़ेहन में बज उठी — *"अरे एक चांस तो दे उसे, तारा! बड़ी टेक कंपनी का बड़ा अफ़सर है! बयालीस परसेंट हिस्सेदारी है उसकी, साठ परसेंट कंपनी के शेयर!"*

रोहन ने एक बनावटी, हवाई ठहाका लगाया। अपना महंगा कार्ड-होल्डर उठाया और सीने पर दो बार थपथपाया। **"देख रही हो? यही तो मुझे पसंद है तुम**

डिज़ाइनर लोगों में — छोटी-छोटी बातों का इतना ध्यान। बिना मतलब भटकने से अच्छा है कि बारह मिनट में सीधा काम की बात हो। बेकार की रुकावटें कम होनी चाहिए।"

दरवाज़े के पास आइने में कॉलर ठीक करते हुए बोला — **"देखो, अभी ऑफिस में काम बहुत अटका हुआ है। अगले शुक्रवार बड़ी कंपनी से सौदे की बात पक्की होनी है। टैक्स का भी हिसाब सीए को दिखाना है। तो ऐसा करते हैं, हर गुरुवार रात साढ़े दस बजे मिलने का समय पक्का कर लेते हैं? मेरी मीटिंग के बाद?"**

तारा ने रसोई की छाया में से धीरे से कहा — **"रोहन।"**

वो पलटा। दरवाज़े का चमचमाता हैंडल हाथ में था। चेहरे पर वही बनावटी कॉर्पोरेट मुस्कान — **"हाँ, बेब?"**

"अपने फ़ोन से मेरा नंबर डिलीट कर दो।"

उसके माथे पर एक हल्की-सी सलवट आई। वो दिल टूटने की नहीं थी। वो उस इंजीनियर की झुंझलाहट थी जिसके कंप्यूटर में कोई तकनीकी गड़बड़ी आ जाए।

"रुको, क्या? मुझे लगा आज हमारा मूड बहुत अच्छे से मैच हुआ।"

"तुम्हारा मूड इंटरनेट की मशीन से मैच होता है, रोहन। किसी इंसान से नहीं।"

तारा ने उसके कंधे के पार दरवाज़ा खींचकर खोल दिया — चौबीसवीं मंज़िल का ख़ामोश, कालीन बिछा गलियारा सामने था।

"अपनी कंपनी के सौदे के लिए गुड लक। बाहर जाते समय लिफ़्ट के दरवाज़े में अपना कीमती समय मत फँसा बैठना।"

रोहन कोई व्यावसायिक तर्क बना पाता — उससे पहले तारा ने दोनों हाथों से दरवाज़ा बंद कर दिया।

बड़ा ताला। *क्लिक।*
अंदर की ज़ंजीर। *स्लाइड। क्लिक।*

✦ ✦ ✦

सन्नाटा।

लेकिन वो आम सन्नाटा नहीं था। वो गुड़गाँव के हाईवे से चौबीस मंज़िल ऊपर का, करोड़ों के फ्लैट का, हवा-बंद सन्नाटा था। फ्लैट 2402 साँस नहीं लेता था — वो सिर्फ़ बिजली से चलता था। कोने में हवा साफ़ करने वाली मशीन की सफ़ेद आवाज़। महंगी विदेशी बत्तियों का हलका पीला उजाला — जिसे ऐप की भाषा में *"सुकून भरा स्कैंडिनेवियन उजाला"* कहा जाता था।

एक मुर्दाघर — जहाँ इंटरनेट बहुत तेज़ चलता था।

तारा धीरे-धीरे मजबूत लकड़ी के दरवाज़े से पीठ टिकाकर नीचे सरकती गई, जब तक उसकी नंगी जाँघें ठंडे संगमरमर पर न टिक गईं। ठंड रीढ़ से होती हुई गर्दन के पीछे तक समा गई। उसने वाइन का गिलास पास रख दिया। एक बूँद गहरी लाल वाइन शीशे से नीचे टपकी और सफ़ेद पत्थर पर फैल गई — सूखे ख़ून के धब्बे जैसी।

उसने घुटने सीने से लगाए। ठुड्डी उनपर टिकाई।

दो फ़ुट दूर फ़ोन की स्क्रीन जली —

===
[ज़ैप-इट ग्रोथ टीम — काम का नया आँकड़ा]
🚀 नया डिज़ाइन #EXP-884 उम्मीदों से कहीं आगे है!
📊 आर्डर स्वीकार करने का समय — गुड़गाँव सेक्टर 29/43 — 1.8 सेकंड कम हुआ!
💡 आज की खास बात: "जब आप जल्दबाज़ी का जाल बुनते हैं, तो झिझक मर जाती है।"
— तारा शर्मा, मुख्य डिज़ाइनर
===

तारा ने अपना नाम उस संदेश में चमकते देखा।

"जब आप जल्दबाज़ी का जाल बुनते हैं, तो झिझक मर जाती है।"

यही बात उसने तीन दिन पहले बड़े अफ़सरों के साथ मीटिंग में, ठंडी कॉफ़ी पीते हुए, बड़े इत्मीनान से कही थी। तब तो वो बात बड़ी समझदारी और आँकड़ों से भरी लगी थी। अब उस अँधेरे गलियारे में उन जलते अक्षरों में पढ़कर लग रहा था जैसे किसी क़ब्र के पत्थर पर लिखा संदेश हो।

उसने फ़ोन उठाया। अँगूठा लगाया। लॉक खोला। स्पीड डायल।

रिया (इमरजेंसी / मुसीबत / पक्की सहेली)।

तीन घंटी। फिर लाइन खुली — साइबर हब के किसी डिस्को से अंग्रेज़ी गानों का भारी शोर।

"तारा?" रिया चिल्लाई — आवाज़ बहुत ऊँची, शोर में दबी। **"बेब! कैसा गया? रोहन रुका? वो लिनन की शर्ट उसके फोटो में कितनी शानदार दिखती थी — बता, वाइन अभी भी चल रही है?"**

तारा ने "हेलो" नहीं कहा। गला साफ़ नहीं किया। बस बोली — आवाज़ फटे कपड़े की तरह घिसती हुई, पतली, टूटती।

"रिया, मैं इस चमचमाते फ्लैट में इन बिजली की मशीनों और बेवकूफ़ मर्दों के बीच अकेली घुटकर मर जाऊँगी।"

दूसरी तरफ़ गानों का शोर थोड़ा कम हुआ — शायद रिया बाहर गलियारे में निकल गई।

"रुको, क्या? वो चला गया? क्या किया उसने? कोई अजीब हरकत तो नहीं करने लगा था?"

"उसने अपनी मीटिंग के बाद हर हफ़्ते मिलने का समय पक्का करने को कहा।" तारा का माथा घुटने पर था। **"और पैंट पहनते-पहनते उसने अपनी कंपनी के शेयरों का पूरा हिसाब समझा डाला। रिया... उसने अपने हाथ का फिटनेस पट्टा पूरे समय पहने रखा।"**

एक चुप्पी। फिर रिया की वो व्यावहारिक गुड़गाँव वाली साँस —

"देख, फ़िल्मों जैसा रोमांस असली ज़िंदगी में नहीं होता — ठीक है। लेकिन तारा, बड़ी तस्वीर देख! चालीस लाख के शेयर हैं उस बंदे के पास! दिल्ली-गुड़गाँव में सीधे रास्ते पर चलने वाला, सिगरेट न पीने वाला, अपनी माँ से अलग रहने वाला और पैसों का हिसाब समझने वाला मर्द मिलना

जानती है कितना मुश्किल है? बेडरूम की आदतें बाद में सुधर जाएंगी। बस तालमेल बना ले!"

"तालमेल," तारा ने आँखें बंद करके दोहराया। एक आँसू बाईं आँख के कोने से गाल पर उतरा — गर्म, नमकीन — और घुटने की ठंडी त्वचा पर गिरा।

"रिया, ख़ुद को सुन। अपने मुँह से निकलने वाले शब्द सुन। तालमेल। समय। हिसाब-किताब। हम इंसानों की तरह बात करना कब भूल गए? हम सब चलती-फिरती हिसाब की किताबें कब बन गए?"

"तारा, तूने बहुत वाइन पी ली है, दोपहर से कुछ खाया नहीं है —"

"रिया, मैं अंदर से पूरी तरह मर चुकी हूँ," तारा ने बीच में काटा — चौबीसवीं मंज़िल का वो संजीदा कॉर्पोरेट खोल टूट गया। **"इस फ्लैट में देखती हूँ तो — चालीस लाख इंटीरियर डिज़ाइन पर गए। इटली से कॉफ़ी बनाने की महंगी मशीन मँगवाई। जापानी फ्रिज है जो मेरे फ़ोन से बात करता है। लेकिन मैंने अपनी पूरी ज़िंदगी में इतना दम घोंटने वाला, इतना भयानक अकेलापन कभी नहीं महसूस किया। दुनिया से मैजिक ख़त्म हो गया है। हम सबने मिलकर इस शहर से कविता, रोमांस और हर एक प्यारा एहसास खरोंच कर निकाल दिया — और उसकी जगह फ़ोन का एक संदेश रख दिया।"**

"बेब, घबरा मत।" रिया की आवाज़ में अब सच्ची चिंता थी। **"थकी हुई है बस। ज़ैप-इट ऐप का नया काम तेरे दिमाग़ को थका रहा है। दरवाज़ा लॉक कर, मुँह धो, कुछ आर्डर कर ले — कुछ ताज़ा, कुछ सुकून देने वाला। मैं चालीस मिनट में आती हूँ।"**

"मत आ, रिया। पार्टी एन्जॉय कर। मुझे बस यहाँ बैठना है।"

"तारा—"

"गुडनाइट, रिया।"

फ़ोन काट दिया। फ़ोन संगमरमर पर फेंका — वो तीन फ़ुट फिसलकर दीवार के किनारे से जा टकराया।

✦ ✦ ✦

तारा दस मिनट — या शायद बीस — उस धुँधले उजाले में बैठी रही। फ्लैट 2402 में समय सीधी रेखा में नहीं चलता था। वो साफ़ हवा की तरह बस तैरता रहता था। गला सूख रहा था — आधा रोने से, आधा सस्ती शराब और उससे भी सस्ती कॉर्पोरेट बातों की कड़वाहट से।

आख़िरकार सन्नाटा सीने पर एक भारी बोझ बन गया। उँगलियाँ उठीं। हाथ की वो पुरानी आदत जो उँगलियों को बिना सोचे मोबाइल की तरफ़ ले जाती है। उसने फ़ोन उठाया।

टिंडर (Tinder) खोला।

बाईं तरफ़ स्वाइप। आरव, 28। इंटरनेट कंपनी का मालिक। ऐसी लड़की चाहिए जो कंप्यूटर का काम समझे।
बाईं तरफ़ स्वाइप। करन, 31। जिम / शेयर बाज़ार / कॉफ़ी। बेकार की बातें छोड़ो, सीधा पैसों के निवेश पर बात करते हैं।
बाईं तरफ़ स्वाइप। विक्रम, 29। बड़ा कंसल्टेंट। हफ्ते में पाँच दिन बाहर रहता हूँ — रिश्ते में कम मेहनत और ज़्यादा फ़ायदा चाहिए।

अँगूठा तेज़ होता गया। चेहरे, बायोडाटा, नौकरियाँ — एक के बाद एक। जबड़ा कड़ा हो गया, दाँत भिंच गए। यह कोई डेटिंग नहीं थी — यह अकेलेपन से बचने के लिए नौकरी के फॉर्म की छँटाई थी। हर इंसान एक जैसी फ़ाइल लग रहा था।

उसने टिंडर एक झटके में बंद कर दिया।

होम स्क्रीन पर नज़र पड़ी। नीचे कोने में वो गहरा चमकीला बैंगनी निशान — **ज़ैप-इट (ZappIt)।** उसकी ज़िंदगी का काम। वो ऐप जिसे वो चौदह घंटे रोज़ डिज़ाइन करती, टेस्ट करती, और बड़ी मीटिंगों में जिसके सही होने का दावा करती थी।

गला खुरदरा था। कुछ गर्म, कुछ मीठा, कुछ सुकून देने वाला चाहिए था — उस रात की कड़वाहट धोने के लिए। उसे याद आया — कॉलेज के दिनों में जब वो रात-रात भर जागकर डिज़ाइन का काम पूरा करती थी, तब खुद को गर्म कॉफ़ी और इटली की मशहूर मिठाई टिरमिसू (Tiramisu) से ख़ुश करती थी। वो इकलौता स्वाद था जो उसे इस शीशे के बुर्ज में चाहिए था।

उसने स्टील का चमचमाता फ्रिज खोला। अंदर — विदेशी पानी की दो बोतलें। आधा डिब्बा सरसों का पेस्ट। बस।

उसने ज़ैप-इट का बैंगनी निशान दबाया।

स्क्रीन पलक झपकते ही खुली — ठीक वैसे ही जैसे उसकी टीम ने बनाया था। ऊपर एक चमकदार पट्टी चमकी:

रात के ढाई बजे? राशन और मनपसंद खाना आपके दरवाज़े पर 9 मिनट में, वरना मुफ़्त!

सर्च बार में लिखा: *Tiramisu*।

सिस्टम ने आम दुकानों को छोड़कर सेक्टर 29 के सबसे महंगे और खास स्टोर का मेन्यू सामने रख दिया:

> *खास इटैलियन टिरमिसू और गर्म चॉकलेट कॉफ़ी (ताज़ा मलाई और कॉफ़ी की पर्तों वाला, आर्डर #8821)*
> *क़ीमत: ₹1,200.00*
> *डिलीवरी फ़ीस: ₹0.00 (ज़ैप-इट गोल्ड मेंबर की छूट)*
> *डिलीवरी का अनुमानित समय: 8-9 मिनट*

बारह सौ रुपये। एक अकेली मिठाई और गर्म कॉफ़ी। रात के दो बजे। चौबीसवीं मंज़िल पर।

यह अमीरी और हर चीज़ घर बैठे पाने की उस सनक की चरम सीमा थी जिसे बड़ी कंपनियों के पैसे और मज़दूरों के अनदेखे पसीने ने मिलकर खड़ा किया था। कोई भी समझदार इंसान सुबह का इंतज़ार करता।

लेकिन तारा को समझदारी नहीं चाहिए थी। उसे चाहिए था मीठी मलाई और कड़क कॉफ़ी का सुकून।

उसने वो नारंगी बटन दबाया जो उसने ख़ुद डिज़ाइन किया था — **ORDER NOW (#FF5722)**।

फ़ोन ने उसके आँसुओं से भीगे चेहरे को पहचान कर पैसे काट लिए।

```
======================================================================
[ज़ैप-इट आर्डर पक्का हुआ — #ZP-8821]
🛒 सामान: 1x खास इटैलियन टिरमिसू और गर्म कॉफ़ी (₹1,200.00)
📍 पता: फ्लैट 2402, टावर बी, आर्किड हाइट्स
⚡ आपका राइडर: कबीर आर. (ID #88492)
⏱ तय समय सीमा: 08 मिनट : 59 सेकंड
======================================================================
```

✦ ✦ ✦

फ़ोन काउंटर पर छोड़ा। सिंक पर जाकर बर्फ़ीले नल के पानी से आँखें धोईं। तौलिए से चेहरा पोंछा। उलझे काले बाल ढीले जूड़े में बाँधे।

तभी —

चौबीसवीं मंज़िल की खिड़की के बाहर आसमान फट पड़ा।

कोई हल्की सर्दियों वाली बूंदाबांदी नहीं। एक अचानक, भयानक तूफ़ानी बारिश — उस किस्म का कड़कड़ाता उत्तर भारतीय तूफ़ान जो शहर के धुएँ को काले, गंदे पानी की तेज़ चादरों में बदल दे। आर्किड हाइट्स के दोहरी परत वाले मोटे शीशों पर हवा का शोर किसी भारी मोटर की सनसनाहट जैसा था।

माइक्रोवेव की घड़ी: **2:24 AM।**

इस तूफ़ान में, रात के दो बजे, कोई बारह सौ रुपये का टिरमिसू देने नहीं आएगा, तारा ने सोचा, संगमरमर के काउंटर से कमर टिकाकर। *सिस्टम किसी*

और को भेजेगा। या डिलीवरी बॉय आर्डर कैंसिल कर देगा। या खराब मौसम की वजह से देरी का संदेश आ जाएगा।

2:29 AM पर दरवाज़े की घंटी बजी।

कोई झिझकती हुई दस्तक नहीं। कोई हल्की आवाज़ नहीं। दो साफ़, तेज़ घंटियाँ — फ्लैट के सन्नाटे को चाकू की तरह काटते हुए।

तारा रुकी। गलियारे में आई। दरवाज़े के जादुई लेंस में झाँका।

✦ ✦ ✦

चौबीसवीं मंज़िल के गलियारे की तेज़ रोशनी में एक आदमी खड़ा था।

ज़ैप-इट का बरसाती कोट नहीं था उस पर। वो पहने था एक पुरानी, ढीली-ढाली काली बरसाती जैकेट — तीन साल से भी ज़्यादा पुरानी लगती थी — जो पानी में इस कदर भीग गई थी कि चौड़े कंधों से चिपक गई थी। जैकेट के निचले हिस्से से पानी टपक रहा था — गलियारे के कालीन पर गंदे पानी का एक फैलता हुआ गड्ढा बना रहा था।

बाईं बगल में एक सस्ता, खरोंचों से भरा खुला हेलमेट — टपकता हुआ। और दाहिने हाथ में — दोनों हथेलियों पर, किसी मंदिर के पुजारी की तरह प्रसाद उठाए हुए — गर्म खाना रखने वाला ज़ैप-इट का झोला। आर्डर #8821।

तारा ने बड़ा ताला खोला। अंदर की ज़ंजीर हटाई। मजबूत लकड़ी का दरवाज़ा थोड़ा सा खींचा।

गलियारे की ठंडी हवा का एक झोंका सीधे भीतर आया — और उसके साथ आई वो ख़ुशबू जो फ्लैट 2402 में तीन साल से नहीं थी:

बारिश में भीगी सड़क। मिट्टी की सोंधी महक। धूल और गीले कपड़े की गंध।

"फ्लैट 2402?" उस आदमी ने पूछा।

आवाज़ किसी आम डिलीवरी बॉय की रटी-रटाई लाइन नहीं थी। गहरी। दमदार। ठंड से थोड़ी भारी। लेकिन उसमें एक गज़ब का दिल्ली वाला बेबाक अंदाज़ था — जिसमें एक हल्की, प्यारी सी चुटकी बह रही थी।

तारा ने दरवाज़ा थोड़ा और खोला। **"हाँ। मैं तारा हूँ।"**

राइडर ने आधा क़दम पीछे लिया — ताकि उसके भीगे जूते उसके पायदान को ख़राब न करें। फिर ऊपर देखा।

तारा एक सेकंड के लिए साँस लेना भूल गई।

वो अपने जूते नहीं देख रहा था। फ़ोन की स्क्रीन पर ओटीपी का इंतज़ार नहीं कर रहा था। वो सीधे उसकी आँखों में देख रहा था।

उसकी आँखें — तूफ़ान में गाड़ी चलाने से लाल, गीले और उलझे बालों के पीछे से झाँकती हुई — पूरी तरह जागी हुई थीं। तेज़। समझदार। बेख़ौफ़। और उनमें एक शरारती, ज़िंदादिल चमक नाच रही थी।

उसने अपने झोले की ज़िप बड़े सलीके से धीरे-धीरे खोली। अंदर से एक सुंदर, सुनहरा बेकरी का डिब्बा और कॉफ़ी का भाप छोड़ता कप निकाला। अंदर रखा था एक बारह सौ रुपये का एकदम ताज़ा इटैलियन टिरमिसू, जिस पर कोको पाउडर छिड़का हुआ था।

"मैडम जी," कबीर ने कहा — होंठ एक प्यारी, हल्की सी मुस्कान में मुड़े जिसने उसके थके चेहरे को एक पल में रोशन और बेहद आकर्षक बना दिया। **"बधाई हो। आपने एक भयानक तूफ़ान, एमजी रोड के दो पुलिस नाके, तीन पानी से भरे अंडरपास, और सेक्टर 43 के सात ख़ूँख़ार आवारा कुत्तों — जिन्हें इटली की इस महंगी मिठाई से कोई लगाव नहीं है — के बीच से, एक बारह सौ रुपये का टिरमिसू और कॉफ़ी सफलतापूर्वक मँगवा लिया है।"**

तारा उसे देखती रही। हाथ दरवाज़े के किनारे पर जमा। उसका दिमाग़ — जो रोज़ की सीधी-सादी बातों का आदी था — इस अनोखे नज़ारे को समझने में अटक गया।

"मैं... माफ़ करना, बारिश के बारे में। ऐप ने खराब मौसम की चेतावनी नहीं दिखाई —"

"नहीं, नहीं! आप माफ़ी मत माँगिए!" कबीर ने दिल पर हाथ रखते हुए मज़ाकिया अंदाज़ में कहा। **"आपका शुक्रिया अदा करना चाहिए मुझे! क्या आप जानती हैं कितना बोरिंग होता है — दो सौ रुपये के बर्गर और ठंडे समोसे उन लोगों को देना जो शुक्रिया तक नहीं कहते, फ़ोन की स्क्रीन से ऊपर नहीं देखते? लेकिन एक अकेला बारह सौ रुपये का टिरमिसू, रात के ढाई बजे, इस भयानक तूफ़ान में? इसमें कहानी का असली मज़ा है, मैडम जी! यह बिल्कुल फ़िल्मी सीन है! सीढ़ियाँ चढ़ते-चढ़ते — चौबीस मंज़िल पहाड़ चढ़ने जैसा — मैं ख़ुद से सोच रहा था: क्या यह महंगी मिठाई किसी रात की ब्रेकअप पार्टी के लिए है? क्या कोई अपने पुराने बॉयफ्रेंड पर चौबीसवीं मंज़िल से कोई काला जादू कर रही है? या किसी ने बाहर जमती बारिश देखी और सोचा — 'अब तो बस कॉफ़ी और टिरमिसू ही सही रहेगा'?"**

तारा के गले से एक आवाज़ निकली जिसकी उसे ख़ुद उम्मीद नहीं थी।

हँसी।

एक छोटी, बेइख्तियार, असली हँसी — जो उसके सीने के भीतर से उबलकर ऊपर आई और उस बर्फ़ीले खोल को एक झटके में तोड़ गई जो रोहन के जाने से उसके दिल पर जम गया था।

कबीर की आँखों के कोने मुस्कुराहट में सिकुड़ गए। उसके कंधों की थकान जैसे एक पल के लिए हवा हो गई।

"आह! तो ब्रेकअप पार्टी नहीं है! तो फिर यह ज़िंदगी की बोरियत है या कॉफ़ी की तलब? बताइए — वरना राइडर 88492 की ईमानदारी उसे रात भर सोने नहीं देगी।"

तारा के गालों पर एक अनजानी गर्माहट फैल रही थी। उसने दरवाज़ा पूरा खोल दिया।

"ब्रेकअप पार्टी नहीं। बस... यह फ्लैट एक अस्पताल जैसा लगता है, और ज़िंदगी हिसाब की किताब जैसी। कुछ अच्छा, गहरा और सुकून देने वाला चाहिए था जो एहसास दिलाए कि मैं ज़िंदा हूँ।"

कबीर की शरारती मुस्कान पहली बार नरम हुई — कुछ शांत, समझदार और गहरे एहसास में बदल गई। उसने उसके कंधे के पार किचन में देखा — चमचमाता संगमरमर का काउंटर, ज़मीन पर पड़ा वाइन का गिलास, कमरे का सन्नाटा। उसने जलन से नहीं देखा। उसने उस कलाकार की तरह देखा जो एक खाली, सफेद कैनवस देखता है।

फिर उसकी नज़र उसके चेहरे पर लौटी — आँखों के चारों तरफ़ हल्की सुर्खी, ढीला जूड़ा, और वो उदासी जो वो अभी पोंछ नहीं पाई थी।

"हिसाब की किताब," कबीर ने धीरे-धीरे, एक गहरी आवाज़ में कहा — जो उस ठंडे गलियारे में बहुत अपनापन भरी लगी। **"हाँ। वो फीलिंग मैं जानता हूँ। मशीन का नियम हर चीज़ को नंबरों में बदल देता है। बारिश को भी।"**

उसने बेकरी का डिब्बा और भाप छोड़ता कॉफ़ी का कप आगे किया। **"लीजिए। आपका बारह सौ रुपये का सुकून, तारा।"**

तारा ने डिब्बा लिया। उसकी उँगलियाँ उसके दाहिने हाथ की खुरदरी, बारिश से ठंडी उँगलियों से छू गईं।

बिजली का एक हल्का सा झटका। करंट।

दोनों के हाथ आधा इंच पीछे खिंचे। आँखें मिलीं।

"करंट," तारा ने जल्दी से कहा — दिल पसलियों के पीछे तेज़ धड़क रहा था।

"या हाई वोल्टेज," कबीर ने बिना रुके कहा, अपनी उँगलियाँ अँगूठे से मलते हुए, उसकी आँखों में वही बेखौफ़, प्यारी चमक — जिससे कमरे का माहौल एकदम गर्म हो गया।

"तारा — गुड़गाँव के इस तूफ़ान में वापस जाने से पहले — क्या एक गिलास सादा पानी मिल सकता है? मैंने नीचे पार्किंग से चौबीस मंज़िलें दौड़ कर तय की हैं। बिना पानी के वापस गया तो मेरा इंजन बैठ जाएगा।"

तारा की तेज़ धड़कनों के बीच उसका दिमाग़ उसकी बात पर अटका। **"रुको। तुम चौबीस मंज़िलें सीढ़ियों से क्यों चढ़े? आर्किड हाइट्स में हर टावर में सर्विस लिफ़्ट है।"**

कबीर ने एक हल्की सी व्यंग्य भरी हँसी हँसी। **"अरे, गुड़गाँव की मशहूर सर्विस लिफ़्ट! काग़ज़ों पर बड़े काम की चीज़ है। असलियत में, रात के 2:15 बजे, तिवारी चाचा — टावर बी के आपके प्यारे हेड सिक्योरिटी गार्ड — ने लिफ़्ट के बाहर 'काम चल रहा है' का गत्ता टाँग दिया था। ताकि भीगे हुए राइडर उनके चमचमाते दरवाज़े गंदे न करें। उनका भोजपुरी गानों का मज़ा खराब न हो। तो हाँ — चौबीस मंज़िलें सीढ़ियों से चढ़कर आया हूँ।"**

"उसने सर्विस लिफ़्ट बंद कर दी?" तारा की आँखें चौड़ी हो गईं। **"यह ग़ैर-क़ानूनी है! बिल्डिंग वाले चालीस हज़ार रुपये महीना रखरखाव का किराया लेते हैं! कबीर, तुम्हें बारह सौ रुपये के टिरमिसू के लिए चौबीस मंज़िल बारिश में नहीं चढ़ना चाहिए था! ऐप पर 'डिलीवरी नहीं हो सकती — रास्ता बंद है' लिख देते।"**

कबीर ने उसे एक लम्बे, ख़ामोश पल तक देखा। हँसी उसकी आँखों से धीरे-धीरे उतर गई — उसकी जगह एक गहरी, सचाई से भरी समझ आई जिसने पूरे कमरे को अचानक बहुत शांत कर दिया।

"डिलीवरी कैंसिल नहीं लिख सकता था, तारा।" उसकी आवाज़ नरम थी। **"अगर आर्डर स्वीकार करने के बाद कैंसिल करूँ, तो सिस्टम मेरी रेटिंग से 0.15 पॉइंट काट लेता है। अभी इस समय — जब मैं तुम्हारे दरवाज़े पर भीग रहा हूँ — मेरा स्कोर ठीक 4.81 है।"**

"4.81 आज रात इतना ज़रूरी क्यों है?" तारा ने फुसफुसाकर पूछा।

"क्योंकि अगले हफ़्ते दीवाली है," कबीर ने साफ़ शब्दों में कहा। उसकी नज़र अपनी खुरदरी हथेलियों पर थी। **"ज़ैप-इट की एक दीवाली बोनस स्कीम है। जो भी राइडर पाँच सौ डिलीवरी में अपनी रेटिंग 4.80 से ऊपर रखे, उसे ₹50,000 का दीवाली मेगा-बोनस मिलता है।"**

उसने हेलमेट के पट्टे पर उँगलियाँ कसीं।

"मेरी एक छोटी बच्ची है — मेहर।" आवाज़ बाहर बरसती बारिश से मुश्किल से ऊपर थी। **"मेरे बड़े भाई अमन उसे मेरी ज़िम्मेदारी में छोड़कर चले गए — दो साल पहले जब हमने उन्हें खोया। अचानक निमोनिया की गंभीर बीमारी से आईसीयू में उनका निधन हुआ था। प्राइवेट अस्पताल के बिलों ने वो सब साफ़ कर दिया जो अमन के पास था, और ऊपर से एक पहाड़ जैसा अस्पताल का कर्ज़ा छोड़ गए जो अब भी हर महीने हमारी छत पर लटकता है।"**

उसने ऊपर देखा। उसकी आँखों में अब कोई मज़ाक नहीं था — बस एक पक्का, बेपनाह प्यार से भरा उजाला।

"मेहर पाँच साल की हो गई है। सेंट थॉमस स्कूल में उसका एडमिशन इंटरव्यू अगले मंगलवार को है। और जानती हो वो क्या माँगते हैं — एक अनाथ पाँच साल की बच्ची की कॉपी देखने से पहले? ₹50,000 की एडमिशन फ़ीस। बैंक ड्राफ़्ट से।"

"तो नहीं, मैडम जी।" एक हल्की, प्यारी मुस्कान। **"मैं चौबीस मंज़िलें एक बारह सौ रुपये के टिरमिसू के लिए नहीं चढ़ता। किसी कंपनी के तालमेल के लिए नहीं चढ़ता। इसलिए चढ़ता हूँ — क्योंकि पचास हज़ार रुपये वो दीवार है जो मेरी भतीजी को एक अच्छे स्कूल से अलग करती है। वो अस्पताल का**

कर्ज़ा है जो रात के चार बजे मुझे जगाए रखता है। अगर अपनी रेटिंग 4.81 रखने के लिए मिठाई का डिब्बा मुँह में दबाकर चौबीस मंज़िलें दौड़नी पड़ें — तो हर रात दौड़ूँगा।"

✦ ✦ ✦

तारा जम गई।

उसके फेफड़ों में हवा थी, लेकिन वो भारी थी, और एकदम साफ़ थी।

उसने इस आदमी को देखा — सिर से पाँव तक भीगा हुआ, बारह हज़ार की पुरानी मोटरसाइकिल जैकेट पहने, एक अनजानी मशीन के नियम से रात के अँधेरे में लड़ता हुआ — ऐसी सच्चाई और प्यार के साथ जो उसने किसी चालीस लाख वाले फ्लैट में कभी नहीं देखी थी।

रोहन और उसकी बड़ी टेक कंपनी के शेयर — धूल के कण लग रहे थे।

"अंदर आओ," तारा ने कहा — आवाज़ थोड़ी काँपती हुई, लेकिन उसमें एक पक्का इरादा था। **"पायदान से हटो। किचन में आओ।"**

"तारा, मैं पूरा भीगा हुआ हूँ —"

"मार्बल की फ़िक्र नहीं मुझे। तुमने मेरे टिरमिसू के लिए चौबीस मंज़िलें चढ़ीं। मैं अभी मशीन से ताज़ा कॉफ़ी निकाल रही हूँ। और हम दोनों गर्म कॉफ़ी और टिरमिसू शेयर करेंगे — इस तूफ़ान में वापस जाने से पहले। प्लीज़।"

उसने उसके चेहरे पर वो झिझक देखी — सच्चे अपनापन की वो गहरी भूख, जो मशीनी दुनिया के बदले असली इंसानी गर्माहट चाहती थी। वो बात उसके दिल को छू गई।

"पाँच मिनट," कबीर ने माना — वो प्यारी, बेहद आकर्षक मुस्कान वापस आई — और वो दरवाज़े के पार आया। पानी से भरे जूते इटैलियन पत्थर पर छप-छप की आवाज़ करते हुए।

"सेक्टर 43 में सात आवारा कुत्तों से लड़ा हूँ — सिर्फ़ यह देखने के लिए कि एक बारह सौ रुपये का टिरमिसू काउंटर पर अकेला पड़ा रहे।"

उसने अपने भारी हेलमेट का पट्टा खोला। दरवाज़े के पास रखा। भीगे बाल माथे पर बिखर गए। पीली बत्तियों के उजाले में वो कोई अनजान डिलीवरी बॉय नहीं लग रहा था — वो किसी योद्धा जैसा लग रहा था, जो तूफ़ान से लड़कर आया हो, पचास लाख के फ़र्श पर बारिश का पानी टपकाता हुआ, फिर भी एक ऐसे स्वाभिमान के साथ खड़ा जो पूरे कमरे पर हावी था।

✦ ✦ ✦

वो किचन काउंटर के पास गया। चमचमाती मशीनें देखीं। कॉफ़ी बनाने वाली इटली की महंगी मशीन के सामने रुका।

"वाह।" एक धीमी, तारीफ़ भरी सीटी। घुटनों पर हाथ रखकर मशीन को देखा। **"यह तो कमाल की मशीन है। दोहरे बॉयलर वाली। भारी मोटर। यह ढाई लाख के करीब होगी, सही?"**

तारा दो कप हाथ में लिए काउंटर के बीच में रुक गई। **"तुम्हें कॉफ़ी मशीनों के बारे में पता है?"**

"मैडम जी," कबीर ने गाल से बारिश का पानी आस्तीन से पोंछते हुए कहा, **"मैं दिल्ली-गुड़गाँव का हर-फ़न-मौला हूँ। दिन में सेक्टर 29 के होटलों के बाहर इंतज़ार करते हुए मशीनों की किताबें पढ़ता हूँ। रात में रात-रात भर जागने वाले बड़े अफ़सरों को महंगी मिठाइयाँ देता हूँ। नीचे पार्किंग में मेरी ख़ुद की हीरो स्प्लेंडर है — करोल बाग़ से बारह हज़ार में ली हुई पुरानी गाड़ी। वो भी भाप छोड़ती है और साठ की रफ़्तार के ऊपर बुरी तरह काँपती है। लेकिन कम से कम इटली के महंगे पुर्ज़े नहीं माँगती।"**

तारा मुस्कुरा पड़ी — खुली, बिना किसी बनावट की — एक ऐसी मुस्कान जो उसके चेहरे पर बहुत कम आती थी। लेकिन जैसे ही कबीर ने काउंटर से सटकर अपना वज़न बदला, तारा ने देखा कि उसके चेहरे पर दर्द की एक तेज़ लकीर उबरी, उसने अपनी बाईं टाँग की तकलीफ़ छुपाने की कोशिश की। तारा की नज़र नीचे गई। उसके बाएँ घुटने के पास बरसाती जैकेट का कपड़ा फटा हुआ था, बारिश के पानी से भीगा और ख़ून से लाल था — जहाँ वह सीढ़ियाँ चढ़ते हुए बारहवीं मंज़िल के कंक्रीट की सीढ़ी से ज़ोर से टकराया था।

"बैठो," तारा ने धीरे से आदेश दिया, मखमली कुर्सी की तरफ़ इशारा करते हुए। इससे पहले कि वह किसी मज़ाक से बात टालता, तारा बाथरूम की तरफ़ भागी और एक पल में सफ़ेद फ़र्स्ट-एड किट लेकर लौटी। जब तक कॉफ़ी मशीन से दो चीनी मिट्टी के कपों में गाढ़ी, सुनहरी मलाईदार कॉफ़ी निकल रही थी, तारा पचास लाख के इटैलियन संगमरमर के फ़र्श पर घुटनों के बल बैठ गई। बड़ी कोमलता और समझदारी से उसने उसके फटे पाँचे को मोड़ा, छिले हुए, ख़ून से लथपथ घुटने पर एंटीसेप्टिक क्रीम लगाई और एक साफ़, सफ़ेद पट्टी बांध दी।

कबीर अवाक, शांत बैठा, अपने घुटने पर पट्टी बांधती तारा के सिर को देखता रहा — एक ऐसी मानवीय कोमलता और हमदर्दी के साथ जो उसके भाई अमन के जाने के बाद से किसी ने नहीं दिखाई थी।

घुटना बँध जाने के बाद, तारा उठी और टिरमिसू के बेकरी डिब्बे को किचन के लकड़ी के बोर्ड पर लाई। उसने दीवार पर लगे स्टैंड से अपना लंबा, पेशेवर बावर्ची का चाकू उतारा। गर्म पानी से चाकू धोया। एक साफ़ सूखा तौलिया। और फिर एक सधे हुए, सलीकेदार हाथ से — उँगलियाँ मोड़कर, कलाई ठीक 45 डिग्री पर — उसने उस नाजुक इटैलियन टिरमिसू को दो एकदम बराबर टुकड़ों में काट दिया। कॉफ़ी में भीगे बिस्कुट या मलाई की एक भी परत खराब नहीं हुई।

कबीर उसके हाथ देखता रहा।

"यह पहले किया है तुमने," उसने धीरे से कहा।

"मिठाई काटना?"

"नहीं।" कबीर आगे झुका। **"पेशेवर बावर्ची का चाकू पकड़ना। जिस तरह चाकू धोया। जिस तरह उँगलियाँ मोड़ीं। जिस तरह काटने की रफ़्तार थी। यह घर में खाना बनाने वाले हाथ का तजुर्बा नहीं है। यह बड़े होटल की ट्रेनिंग है।"**

तारा रुकी। चाकू बोर्ड पर।

उसे एक अनोखी ख़ुशी मिली — उसने उसे सिर्फ़ देखा नहीं था। *समझा* था।

कबीर ने संगमरमर के काउंटर के पार हाथ बढ़ाया। उसकी खुरदरी उँगलियों ने उसकी दाहिनी कलाई को धीरे से छुआ — उसे रोशनी की तरफ़ थोड़ा मोड़ा। छूना बेहद हल्का था — गर्म, खुरदरी त्वचा — लेकिन उससे गर्माहट की एक लहर सीधे उसके कंधे तक गई।

वो देख रहा था — उसकी कलाई के अंदर की तरफ़ — वो पुराना, आधे चाँद जैसा जलने का निशान।

"लोहे का तवा?" कबीर ने धीमी आवाज़ में पूछा। अँगूठा निशान के एक मिलीमीटर ऊपर — कभी दबाया नहीं। गहरा सम्मान।

"बेकरी का बड़ा भट्टी ओवन," तारा ने फुसफुसाया — आवाज़ खिड़की पर पड़ती बारिश के शोर में मुश्किल से सुनाई दी। **"चार सौ डिग्री तापमान। सुबह की भीड़ में फ्रेंच ब्रेड की ट्रे खींच रही थी — किसी ने मेरी कमर में धक्का दे दिया।"**

कबीर ने उसकी कलाई तुरंत नहीं छोड़ी। निशान से उसकी आँखों तक देखा — एक गहरी, समझदारी से भरी पहचान।

"ठहरो," कबीर ने धीरे से कहा — आँखें चौड़ी हो रही थीं। **"फ्रेंच ब्रेड। सफदरजंग एन्क्लेव। डीडीए मार्केट के कोने के पास।"**

तारा का दिल एक पल को रुक गया। **"तुम्हें वो जगह कैसे पता?"**

"तुम क्रंब एंड क्रस्ट (Crumb & Crust) हो," कबीर ने धीरे साँस छोड़ी — जैसे कोई पुरानी याद किसी ज़ख़्म पर फूल की तरह रखी जाए। **"तारा की क्रंब एंड क्रस्ट। पीले छज्जे वाली वो छोटी बेकरी। सामने लकड़ी की बेंचें।"**

"तुम्हें याद है मेरी बेकरी?" तारा की आँखों में आँसू आए — उदासी के नहीं — उस हैरान कर देने वाली ख़ुशी के जो तब होती है जब एक शहर — जो हर चौबीस घंटे में सब कुछ भूल जाता है — कुछ याद रखे।

"याद?" कबीर की आवाज़ में पुरानी यादों की मिठास थी। **"तारा, दो साल पहले जब मैंने दक्षिण दिल्ली में डिलीवरी शुरू की, तो सुबह की शिफ्ट 6:00 बजे होती थी। हर सर्दियों की सुबह मैं सफदरजंग के उस कोने से अपनी मोटरसाइकिल पर निकलता था — ठीक तब जब तुम्हारे एग्जॉस्ट फैन चालू होते थे। मक्खन और ताज़ा ब्रेड सिकने की ख़ुशबू... क़सम से, नवंबर की उन कड़कड़ाती ठंड की सुबहों में जब उँगलियाँ सुन्न हो जाती थीं — तुम्हारी बेकरी की गर्माहट ही मेरे ख़ून को गर्म रखती थी।"**

उसने उसकी चौबीसवीं मंज़िल की इस चमचमाती किचन को देखा — और सारी बात समझ गया।

"हर शुक्रवार अपनी टिप के पैसे बचाता था — सिर्फ़ तुम्हारी दुकान का एक चॉकलेट बिस्कुट खरीदने के लिए।" उसकी नज़र उसकी आँखों पर थी। **"अस्सी रुपये। मेरे लिए उस समय दो वक्त का खाना था। लेकिन दुकान के बाहर गुलमोहर के पेड़ के नीचे मोटरसाइकिल पर बैठकर खाना... वो एक राजा जैसी ख़ुशी थी। तुमने वो दुकान बंद क्यों की, तारा? उस जगह में एक रूह थी।"**

तारा ने कॉफ़ी का एक गर्म कप उसके खुरदरे हाथों में खिसकाया। दूसरा ख़ुद थामा।

"क्योंकि रूह का धंधा बड़ा नहीं होता, कबीर।" आवाज़ में वो सच्ची और दर्द भरी सच्चाई थी जो उसने उस दिन के बाद किसी से शेयर नहीं की थी जब बेकरी के शटर बंद हुए थे।

"हमारे मोहल्ले के पक्के ग्राहक थे। फिर दिल्ली-गुड़गाँव में विदेशी कंपनियों के पैसों का सैलाब आया। बड़ी कंपनियों ने नब्बे रुपये के विदेशी ब्रेड — दस मिनट में, बिना डिलीवरी फ़ीस, पचास परसेंट छूट के साथ घर पहुँचाने शुरू किए। लोगों ने बाज़ार आना बंद कर दिया। ताज़ा ब्रेड के लिए बीस मिनट रुकना बंद कर दिया। जब मोबाइल का ऐप पचास परसेंट सस्ती प्लास्टिक जैसी ब्रेड घर के दरवाज़े तक लाता है — तो ठंड में चलकर कौन आए?"

उसने अपने कप में तैरते नींबू के टुकड़ों को देखा।

"ग्यारह महीने लड़ी। सारी बचत ख़त्म। बैंक का कर्ज़ा — बारह परसेंट ब्याज। एक सुबह बैंक मैनेजर दुकान ज़ब्त करने का नोटिस लेकर आ गए। अड़तालीस घंटे थे दुकान ख़ाली करने के — वरना दिवालिया घोषित हो जाती।"

उसने ऊपर देखा। कबीर की स्थिर, हमदर्दी से भरी नज़र।

"तो मैंने बड़ी कंपनी के अफ़सर का फ़ोन उठा लिया।" एक कड़वी, ख़ुद पर हँसती मुस्कान। **"उन्हें मेरी ब्रेड की रेसिपी नहीं चाहिए थी, कबीर। उन्हें मेरा ऐप डिज़ाइन करने का हुनर चाहिए था। उन्हें पता था — जो इंसान गर्म ब्रेड की ख़ुशबू से ग्राहकों को खींचना जानता है, वो मोबाइल स्क्रीन के नशे से लोगों को बाँधना भी सीख सकता है। मैंने चालीस लाख में बेकरी का कर्ज़ा चुकाया, यह फ्लैट ख़रीदा — और उसी मशीनी दुनिया की मुख्य डिज़ाइनर बन गई जिसने मेरा सपना ख़त्म किया था।"**

✦ ✦ ✦

क़बीर चुप रहा। गर्म कप दोनों हथेलियों में — गर्माहट से सुन्न उँगलियाँ पिघल रही थीं। उसने गर्म कॉफ़ी का एक धीमा घूँट लिया और मलाईदार टिरमिसू का एक बाइट लिया। वो साफ़, असली गर्माहट उसके सीने में उतरी।

जब उसने कप नीचे रखा, तो उसकी आँखें चमक रही थीं — नरम, गहरी, और उनमें एक समझदारी भरा आदर था।

"तुमने अपना सपना नहीं मारा, तारा।" उसकी आवाज़ नरम थी। **"तुमने एक जंग जीती है। दोनों में बहुत फ़र्क़ होता है।"**

वो काउंटर के किनारे एक इंच और क़रीब आया। दोनों के बीच की दूरी लगभग ख़त्म थी। उसकी ख़ुशबू — बारिश का पानी, गीला कपड़ा, सर्दियों की हवा, और भुनी कॉफ़ी की हल्की गर्माहट — उसके आसपास के माहौल में भर गई। फ्लैट के उस ठंडे सन्नाटे को पूरी तरह बदल गई।

"और एक बात और बताता हूँ।" वो फुसफुसाया — उसकी आँखें एक पल के लिए उसके होंठों पर गईं, फिर वापस आईं। **"जादू मरा नहीं है। मशीन उसे ख़त्म नहीं कर पाई। अगर मर गया होता, तो तुम रात के ढाई बजे नंगे पाँव एक डिलीवरी बॉय के साथ गर्म कॉफ़ी और टिरमिसू शेयर नहीं कर रही होतीं। और मैं यहाँ खड़ा होकर ख़ुद को गुड़गाँव का सबसे अमीर आदमी नहीं महसूस कर रहा होता — सिर्फ़ इसलिए कि तुमने मुझसे अपनी कहानी शेयर की।"**

कमरा एक गहरे सन्नाटे में ठहर गया।

एक लम्बे, साँस रोक देने वाले पल के लिए — कोई नहीं हिला। चौबीसवीं मंज़िल के शीशों पर तूफ़ान किसी और दुनिया में हो रहा था। तारा ने उसके चेहरे को देखा, फिर उसके मजबूत इरादे को। उसका हाथ संगमरमर पर एक इंच आगे गया — छोटी उँगली उसके अँगूठे से कुछ मिलीमीटर दूर।

अगर अभी वो हाथ बढ़ाती — अगर वो थोड़ी सी दूरी पार करती — वो उसे मीटिंग का समय नहीं देगा। कंपनी के शेयर नहीं गिनाएगा। वो उसे ठंडे पत्थर के पार खींचेगा और उसे उस सच्ची, अनमोल इंसानी गर्माहट से थामेगा जिसके लिए वो तीन साल से भूखी थी।

एक चिंगारी। असली। बिना बिकाऊ। मशीनों से आज़ाद।

✦ ✦ ✦

बज़-बज़-बज़-बज़-बज़।

इटैलियन मार्बल पर एक तेज़, कर्कश कंपन — उस प्यारे सन्नाटे को गोली की आवाज़ की तरह तोड़ता हुआ।

कबीर चौंका। अपनी भीगी जेब से अपना सस्ता, टूटा हुआ पुराना फ़ोन निकाला।

स्क्रीन ने उसके चेहरे को गहरे लाल और नारंगी उजाले में चमका दिया।

कबीर ने स्क्रीन देखी। जो गर्माहट एक पल पहले उसके चेहरे पर थी, वो तुरंत जम गई। कंधे नीचे झुक गए — बारह घंटे की शिफ्ट की हड्डी तोड़ थकान एक पत्थर के खंभे की तरह वापस आई।

"आह।" एक सूखी, कड़वी, भारी हँसी। **"बोलो ही क्या था — मशीन के देवता जाग गए।"**

"क्या है?" तारा का दिल एक अनजाने डर से धड़का। **"कोई और आर्डर?"**

"नहीं।" कबीर ने टूटा हुआ फ़ोन घुमाया। **"इससे बुरा। बहुत बुरा।"**

तारा ने देखा।

उसकी साँस रुक गई। दिल धड़कना भूल गया।

उसके टूटे शीशे पर वो स्क्रीन — जो उसे अपने चेहरे से बेहतर पता थी:

```
===========================================================
⚠ [ज़ैप-इट सेंटिनल v5 // देरी पर जुर्माना और सजा का नियम]
===========================================================
राइडर का नाम: कबीर चोपड़ा (ID #88492)
इलाका: सेक्टर 29 गुड़गाँव स्टोर हब
आर्डर नंबर: #ZP-8821 (1x खास इटैलियन टिरमिसू और गर्म कॉफ़ी —
₹1,200.00)

तय समय सीमा टूटी:
⏱ वादा किया गया डिलीवरी समय: 08 मिनट : 59 सेकंड
⏱ असल में पहुँचने का समय: 12 मिनट : 14 सेकंड
📉 देरी: +03 मिनट : 15 सेकंड (भारी चूक)

सिस्टम द्वारा की गई कार्रवाई:
1. रेटिंग रोक दी गई: स्कोर 4.79 पर लॉक (ज़रूरी सीमा: 4.80)।
```

2. इनाम रद्द: राइडर #88492 को धीमी रफ़्तार के कारण
₹50,000 के दीवाली मेगा-बोनस से बाहर किया जाता है।
3. खाते की जाँच: खाते को कड़ी जाँच में डाला गया
(खराब मौसम की छूट को सिस्टम ने नामंज़ूर किया)।

💡 ज़ैप-इट की सीख: "असली योद्धा बारिश की वजह से अपनी रफ़्तार
कम नहीं होने देते! अपने सपने पूरे करने के लिए दौड़ते रहो!"
==

तारा उस स्क्रीन को देखती रही। उसका ख़ून बर्फ़ हो गया।

सेंटिनल v5 // देरी पर जुर्माना और सजा का नियम।
चेतावनी का रंग: #FF5722।
नीचे छोटे अक्षर: *"असली योद्धा बारिश की वजह से अपनी रफ़्तार कम नहीं होने देते!"*

यही शब्द उसने उस शाम 6:15 बजे अपने कंप्यूटर पर टाइप किए थे।

यही चेतावनी का संदेश उसने डिज़ाइन किया था। खराब मौसम की छूट को अपने-आप नामंज़ूर करने का नियम उसने ही बनाया था — क्योंकि उसके बड़े डायरेक्टर ने शिकायत की थी कि राइडर "भीड़ के समय बारिश का बहाना बनाकर कामचोरी कर रहे हैं।"

रोहन के साथ पार्टी के लिए निकलने से ठीक छह घंटे पहले उसने इस नियम को मंज़ूरी दी थी।

और अब — उसी के हाथों से तेज़ की गई वो डिजिटल तलवार — उसने कबीर के ₹50,000 के दीवाली मेगा-बोनस को काट दिया था। पाँच साल की मेहर की सेंट थॉमस स्कूल की एडमिशन फ़ीस चकनाचूर। अमन का अस्पताल का कर्ज़ा — फाँसी के फंदे की तरह उनकी छत पर लटकता हुआ।

सिर्फ़ इसलिए — कि उसने एक बारह सौ रुपये का टिरमिसू पहुँचाने के लिए कंक्रीट की चौबीस मंज़िलें दौड़ कर तय कीं, और तीन मिनट पंद्रह सेकंड लेट हो गया।

✦ ✦ ✦

"नहीं," तारा फुसफुसाई — आवाज़ काँप रही थी। वो किचन काउंटर से आधा क़दम पीछे हटी, दोनों हाथ मुँह पर। **"नहीं, नहीं... रुको। टाइम देखो। यह मशीन की गलती है। सर्विस लिफ़्ट बंद होने का हिसाब नहीं जोड़ा —"**

"सर्विस लिफ़्ट की परवाह नहीं है उसे, तारा।" कबीर ने फ़ोन लॉक किया — एक हल्की सी आवाज़। भीगी जेब में वापस रखा। उसकी आवाज़ में गुस्सा नहीं था। बस खोखलापन था। थका हुआ। इस शहर के भारी बोझ के सामने हिम्मत हार चुका।

"सिस्टम जीपीएस (GPS) और लोकेशन का टाइम ट्रैक करता है। उसने मुझे तुम्हारी बिल्डिंग की सीढ़ियों में रुका हुआ देखा — जब मैं अठारहवीं मंज़िल के बंद दरवाज़े से रास्ता ढूँढ रहा था — और हिसाब लगाया कि मैं कामचोरी कर रहा था।"

उसने दरवाज़े के पास से अपना पुराना हेलमेट उठाया।

तारा का मन था — चिल्लाए। सच बोले। कहे — *मैं मुख्य डिज़ाइनर #TS-204 हूँ। वो नियम जो तुम्हारी भतीजी के भविष्य को बर्बाद कर रहा है — वो मेरा लिखा हुआ है।*

लेकिन भारी घबराहट और शर्मिंदगी ने उसकी ज़बान तालु से चिपका दी। उसने उसके छिले हुए हाथ देखे। उसकी गर्म आँखें देखीं। वो बिंदास और ज़िंदादिल अंदाज़ — जिसने उसकी इस शीशे की जेल में कुछ मिनटों के लिए जादू लौटाया था। एक भयानक डर ने उसे सुन्न कर दिया — अगर उसने सच बताया कि वो ही इस बेदर्द सिस्टम को बनाने वाली है, तो उनके बीच की वो प्यारी इंसानी चिंगारी वहीं राख हो जाएगी। वो उसे क्रंब एंड क्रस्ट वाली तारा नहीं देखेगा — मशीन में बैठे किसी राक्षस की तरह देखेगा।

तो उसने अपनी पहचान निगल ली।

इसकी बजाय — उसने काँपती उँगलियों से अपना फ़ोन उठाया।

"कबीर, रुको," तारा बेचैनी से बोली — किचन काउंटर के चक्कर लगाकर उसकी तरफ़ दौड़ते हुए। **"मुझे पचास हज़ार ट्रांसफर करने दो। अभी। यूपीआई (UPI) से। इसे टिप मानो — चौबीस मंज़िलें तूफ़ान में चढ़ने की — या मेहर के स्कूल एडमिशन और अस्पताल के बिलों के लिए एडवांस लोन —"**

कबीर दरवाज़े पर रुका। उसने उसकी घबराई, आँसुओं से भरी आँखें देखीं। फिर उसके काँपते हाथों में फ़ोन की स्क्रीन देखी।

धीरे से — उसने अपनी दो खुरदरी उँगलियों से उसका फ़ोन वाला हाथ नीचे कर दिया।

"मैं खैरात पर नहीं चलता, तारा। और अपना स्वाभिमान पचास हज़ार रुपये में नहीं बेचता।" कबीर ने नरम आवाज़ में कहा — वही बेबाक, आकर्षक मुस्कान — जो इस शहर की हर मशीन को चुनौती देती थी।

"अपना पैसा रखो। आज रात तुमने मुझे एक गिलास पानी दिया, गर्म कॉफ़ी, टिरमिसू और एक ऐसी बातचीत दी जिसमें किसी ने मुझे इंसान समझा। इस शहर में — इसकी क़ीमत किसी भी बोनस से ज़्यादा है जो ये कंपनी दे सकती है।"

उसने हेलमेट भीगे बालों के ऊपर खींचा।

"कॉफ़ी के लिए शुक्रिया, तारा," शीशे के पीछे से भारी आवाज़ आई। **"सफदरजंग याद दिला दी। गलियों में मिलते रहेंगे।"**

भारी दरवाज़ा क्लिक करके बंद हो गया।

✦ ✦ ✦

और तारा शर्मा अपने ठंडे इटैलियन संगमरमर पर अकेली खड़ी रह गई।

गर्म कॉफ़ी का भाप छोड़ता कप। लकड़ी का बोर्ड। किचन काउंटर।

वो धीरे-धीरे मजबूत लकड़ी के दरवाज़े के सहारे घुटनों के बल बैठ गई। सीने पर हाथ — छुपे हुए गुनाह का बोझ और दिल की तड़प उसे ज़िंदा चबा रही थी।

उसने किचन काउंटर पर अपना लैपटॉप खोला। ज़ैप-इट के मेन कंट्रोल स्क्रीन में लॉग इन किया।

वो चमकती स्क्रीन उसके आँसुओं से भीगे चेहरे पर झिलमिला रही थी।

उसे पता था — अब वो उस बेदर्द मशीन से लड़ेगी। परछाइयों में रहकर। उस ज़ालिम नियम को पलटने के लिए। कबीर का भविष्य बचाने के लिए।

इससे पहले कि कबीर कभी जान पाए — वो असल में कौन थी।

— अध्याय समाप्त —

✦ ✦ ✦

❖ ❖ ❖

अध्याय ३ : दिल का जुगाड़ — टिफ़िन रिले और छुपी हुई पनाहगाह

रात के एक बजकर बारह मिनट पर सिकंदरपुर फ्लाईओवर की हवा में घुले थे — जले हुए क्लच-प्लेट की झुलसी बू, डीज़ल के गंधकीले धुएँ का ज़हर, और अक्टूबर की बेमौसम ओस का वह नम, कड़वा वादा जो सुबह से पहले ही दम तोड़ देता है। उस विशाल कंक्रीट पुल के नीचे गुड़गाँव की मुख्य सड़कें दीवाली की पूर्व-संध्या के जाम में बुरी तरह फँसी पड़ी थीं। पीले-हरे ऑटो-रिक्शाओं की कतारें, डिपर-लाइट जलाती विदेशी लक्ज़री गाड़ियाँ — जो जाल में फँसी जुगनुओं जैसी टिमटिमा रही थीं — और ठसाठस भरे भारी ट्रक, ये सब सीमेंट के खंभों और पुलिस की लोहे की बाधाओं के बीच बम्पर-से-बम्पर जकड़े खड़े थे।

कबीर चोपड़ा अपनी खटारा २०११ हीरो स्प्लेंडर पर सवार था। बाईं पिंडली में दर्द की एक तेज़ टीस थी — बारह मिनट में बयालीस बार स्टार्ट-स्टॉप में जिद्दी गियर लीवर को लात मारने का मेहनताना। उसके फीके नियॉन-ऑरेंज रंग के ज़ैप-इट विंडब्रेकर (बरसाती जैकेट) के नीचे कॉटन की कमीज़ ठंडे, बासी पसीने से कंधों पर चिपकी हुई थी। वह चौदह घंटे सत्रह मिनट से मोटरसाइकिल की काठी में था। उसकी पीठ के निचले हिस्से में शहर के गड्ढों की वह लयबद्ध, पीसती हुई पीड़ा सुलग रही थी — एक क्रूर याद-दिहानी कि इंसान का शरीर किसी बेदर्द मशीन का पुर्ज़ा बनने के लिए नहीं बना।

उसने अपने मीटर पर कसी पुराने फ़ोन की टूटी हुई स्क्रीन पर थपकी दी। स्क्रीन एक नीले प्रकाश से दमकी और उसके लाइव आँकड़े बेपरवाह, मोटे अंकों में चमकाने लगी:

```
========================================
राइडर आईडी: 88492 (कबीर आर.)
इलाका: डीएलएफ फेज 3 / ओखला रोड
```

हसल स्कोर (मेहनत का आँकड़ा): 4.81 / 5.00
बचा हुआ समय: 06 मिनट 42 सेकंड
डिलीवरी का पता: फ्लैट 2402, आर्किड हाइट्स (वीआईपी टावर)
===

कबीर ने दाँतों के बीच से एक धीमी, कर्कश सीटी बजाई और पीठ पर लदे भारी गर्म झोले का बोझ सँभाला।

"देख इस फ़िल्मी सीन को, पप्पू," उसने अपने दाहिने पैर के पास खड़े एक साथी राइडर की तरफ़ दो-स्ट्रोक इंजनों के शोर के ऊपर से चिल्लाकर कहा। **"छह मिनट बचे हैं जल्लाद की घड़ी पर, तीन किलोमीटर की लोहे की पुलिस बाधाएँ सामने हैं, और मेरी क्लच का तार पुराने पजामे की डोरी की तरह दो घिसे तारों से लटक रहा है। क्या तू जानता है आज सुबह इस रेस में ज़िंदा रहने के लिए मुझे क्या करना पड़ा? कल रात के तूफ़ान के बाद जब सेंटिनल सिस्टम ने मेरी रेटिंग 4.79 पर लॉक करके मेरा बोनस छीन लिया था, तो मैं सुबह 6 बजे से पूरे तीन घंटे सेक्टर 29 के गोदाम पर खड़ा रहा! मैंने मैनेजर से मौसम की रिपोर्ट और लिफ़्ट बंद होने का सबूत दिखाकर तब तक बहस की जब तक उसने पेनल्टी हटाकर मेरी रेटिंग वापस 4.81 नहीं कर दी! मैं सुबह-सुबह दफ़्तर वालों से इसलिए नहीं लड़ा कि धनतेरस की रात 4.80 के नीचे गिर जाऊँ!"**

पप्पू ने हेलमेट के घिसे हुए शीशे के भीतर सिर हिलाते हुए तूफ़ान-नाले में पान मसाले की काली धार थूकी। **"जाने दे, कबीर भाई। सब-इंस्पेक्टर ने किसी वीआईपी मंत्री के काफ़िले के लिए अंडरपास सील कर दिया है। सेक्टर 44**

में अभी मच्छर भी नहीं निकल सकता। आर्डर लेट होने दे। माइनस पॉइंट की सजा ले और घर जा अपनी भतीजी के पास। इंसान की ज़िंदगी नौ मिनट की डिलीवरी से बड़ी होती है।"

"घर जाऊँ किसके साथ?" कबीर मुस्कुराया। उसके सफ़ेद दाँत जहरीले धुएँ के बीच हेलमेट के शीशे के नीचे एक भड़कीली ललकार की तरह चमके। **"खाली जेब और फ़लसफ़े के साथ? मेरी छोटी मेहर को दीवाली पर जगमगाता गुलाबी गुड़ियाघर चाहिए, बॉस — शहर के ट्रैफिक पर भाषण नहीं! और क्या तू जानता है फ्लैट 2402 में कौन रहता है?"**

पप्पू जवाब देने से पहले ही स्प्लेंडर के इंजन ने एक तीखी, हिंसक धात्विक खाँसी ली। हैंडलबार में एक कँपकँपी दौड़ी जब घिसी हुई क्लच-केबल एक तीखी *टन्न* की आवाज़ के साथ टूट गई और कबीर की नंगी उँगली पर चाबुक की तरह लपेट खाई। बाइक दो बार आगे उछली, बंद हो गई और सड़क की ख़ामोशी में धँस गई।

चारों तरफ़ बंद हुई कैब-ड्राइवरों के क्रोध के भोंपुओं का शोर फट पड़ा। चमकीली पट्टी पहने एक हट्टे-कट्टे ट्रैफ़िक हवलदार ने मार्च करते हुए आकर डंडा कबीर के सामने वाले पहिए पर टिकाया। **"अरे, नारंगी जैकेट! वीआईपी रास्ते के बीचोंबीच सड़क किनारे मैकेनिक की दुकान खोल रहे हो? इस खटारे को अभी गटर में धकेलो, नहीं तो धारा 283 के तहत गाड़ी ज़ब्त करूँगा!"**

कबीर घबराया नहीं। इसके बजाय, उसने मोटरसाइकिल से अपनी टाँग इस तरह निकाली जैसे किसी बड़े मंच पर क़दम रख रहा हो — थोड़ा सा नाटकीय झुककर पसीने से लथपथ हवलदार को सलाम ठोंका।

"सब-इंस्पेक्टर साहब! इस दीवाली माता लक्ष्मी आपके आँगन में शुद्ध सोने की ईंटें बरसाएँ! देखो इस वफ़ादार मशीन को — यह आपकी वर्दी की बेइज़्ज़ती के लिए नहीं टूटी। यह आपकी शानदार मूँछों की भव्यता के सामने बेहोश होकर गिरी है!"

कई ऑटोवाले ठहाका लगाकर हँसे। हवलदार की कड़ी भौंहें कोनों पर ज़रा मुस्कुराईं। **"यहाँ नौटंकी मत करो, हीरो। बाइक हटाओ। पायलट जीप आने में चार मिनट बचे हैं।"**

"हट रहा हूँ, सर, हट रहा हूँ!" कबीर ने हैंडलबार थाम लिए और स्प्लेंडर का मुर्दा बोझ एक टिमटिमाते बत्ती के खंभे के नीचे उठे फुटपाथ पर धकेल दिया। उसकी नज़र फ़ोन की स्क्रीन पर गई। उल्टी घड़ी टिक-टिक करते **04 मिनट 50 सेकंड** पर पहुँच चुकी थी। डिलीवरी का पता सायरन की तरह जगमगा रहा था : *फ्लैट 2402, आर्किड हाइट्स।*

तारा का फ्लैट।

पिछले अड़तालीस घंटों से — उस रात जब काँच के टावरों के बाहर उनकी टक्कर हुई थी, और वह अजीब सी कमज़ोर बातचीत जब उसने उसके चोटिल घुटने पर दवा लगाई थी — कबीर उसकी आवाज़ की लय से निकल नहीं पाया था। वह ऊँची इमारत की चौबीसवीं मंज़िल पर एक निर्जीव किले में रहने वाली बड़ी कंपनी की सीनियर इंजीनियर थी। पर जब वह उसके बेकार कॉलेज वाले चुटकुलों पर हँसी थी, तो उसका अफ़सरी रूखापन टूट गया था — और उस दरार से एक ऐसी औरत झाँकी थी जो लैवेंडर और पुरानी दालचीनी की खुशबू में लिपटी थी, अपनी खुद की ऊँची-आसमानी तन्हाई में डूबती जा रही थी।

वह आर्डर #7731 को सड़क के किनारे गटर में नहीं मरने दे सकता था।

पक्की गली वाली फुर्ती से, कबीर ने फ़ोन निकाला और एक नंबर दबाया जो सिर्फ़ **लंगर बेस** के नाम से सेव था।

✦ ✦ ✦

दो किलोमीटर दूर, सेक्टर 44 के बड़े बाज़ारों के पीछे छुपी अँधेरी, मसालेदार गली की गहराई में, **ताऊ रहीम का "एक बजे का लंगर"** पूरे ज़ोर पर चल रहा था। विशाल तांबे के देगचे जलती नीली गैस अँगीठियों पर भाप के घने बादल उड़ा रहे थे — हरी इलायची, चक्रफूल, और देर तक पकी मटन बिरयानी की सुगंध से लबरेज़।

फ़ातिमा चाची स्टील के काउंटर पर खड़ी अपनी बाँहों से गेहूँ का आटा एक दुपट्टे में पोंछ रही थीं। जब हल्दी के डिब्बों के पास ताऊ रहीम का बड़े बटनों वाला फ़ोन भिनभिनाया, तो उन्होंने आटे में सने अँगूठे से स्पीकर बटन दबाया।

"ताऊ!" कबीर की आवाज़ छोटे स्पीकर में फ्लाईओवर के भोंपुओं की आवाज़ों के साथ फटती-पड़ती आई। **"सेक्टर 44 में ख़तरे की घंटी! मेरी स्प्लेंडर ने वक्त से पहले रिटायरमेंट ले ली। खंभा 88 के बाहर क्लच का तार टूट गया, बाइक मर गई।"**

ताऊ रहीम रुक गए। उनका भारी चाँदी का करछुल उबलती दाल के ऊपर ठहरा रह गया। आग की रोशनी ने उनके सफ़ेद होते चेहरे पर खिंची गहरी लकीरों को पकड़ा। रात की इस दुनिया के हर मर्द-औरत को पता था — ताऊ रहीम यह मुफ़्त रसोई क्यों चलाते हैं जब बाकी शहर सो जाता है।

दो साल पहले दीवाली से ठीक पहले, इसी सिकंदरपुर फ्लाईओवर के इसी हिस्से पर, ताऊ रहीम का उन्नीस साल का बेटा **आरिफ़** सर्दी की धुंध में अपना

स्कूटर भगा रहा था। रोशन आँखों वाला, बेचैन आरिफ़ — जो कॉलेज के दूसरे साल की फ़ीस भरने के लिए छटपटा रहा था — एक नौ मिनट की उल्टी घड़ी के साथ ज़ैप-इट का ज़रूरी आर्डर लेकर चला था।

त्योहारी जाम में आठ मिनट बचे थे। डिजिटल घड़ी तेज़ी से पिघल रही थी। रेटिंग कटने का डर उसके दिल में बैठा था — त्योहार की कमाई जाती रहेगी। उन्नीस साल के आरिफ़ ने स्कूटर सामने से आती तेज़ गाड़ी की लेन में काट लिया। एक तेज़ रफ़्तार पानी के टैंकर ने उसके स्कूटर को कंक्रीट के डिवाइडर पर कुचल दिया। वह गर्म खाना रखने वाला झोला थामे हुए मर गया, जबकि उसके फ़ोन की स्क्रीन मलबे में ठंडी आवाज़ में बीपती रही :

```
========================================================
तय समय समाप्त। -0.05 हसल स्कोर (मेहनत का आँकड़ा) काटा गया।
========================================================
```

अपने बेटे के कफ़न के ऊपर ताऊ रहीम ने खून की क़सम खाई थी — इस बेदर्द मशीन के ख़िलाफ़। उन्होंने और फ़ातिमा चाची ने यह आधी रात की पनाहगाह बनाई थी ताकि गुड़गाँव का कोई भी रात में गाड़ी चलाने वाला कभी भुखमरी, मशीनी ज़िल्लत, और सड़क पर मौत के बीच चुनाव करने पर मजबूर न हो।

"अरे देवदास!" ताऊ रहीम माइक में दहाड़े, उनकी आवाज़ एक पिता के डर और गुस्से से भारी थी। **"मैंने पिछले मंगलवार कहा था कि तार बदल! लगा कहीं? गिरा नहीं?"**

"एक खरोंच नहीं, ताऊ! पर वीआईपी आर्डर है मेरे पास!" कबीर ने चिल्लाकर कहा, उसकी आवाज़ में बेचैनी बढ़ती जा रही थी। **"आर्डर नंबर 7731! फ्लैट 2402, आर्किड हाइट्स! सिस्टम ने मुझे चार मिनट की रस्सी पर बाँधा हुआ है। यह आर्डर छूटा तो सेंटिनल मशीन रेटिंग को 4.80 से नीचे लॉक कर देगी। दीवाली का बच्चों की पढ़ाई का बोनस गया! हमें दिल का जुगाड़ चालू करना होगा! मुझे टिफ़िन रिले चाहिए!"**

फ़ातिमा चाची ने शेल्फ से फ़ोन झपट लिया, आँखें चौड़ी होती हुईं। **"फ्लैट 2402? आर्किड हाइट्स? अरे बेशरम लड़के! यह तो वो बड़ी मैडम का घर है! वह जिसने तुझे मरहम पट्टी लगाई थी!"**

"चाची, प्लीज़, पूरी गली में मेरी बायोग्राफी मत सुनाओ!" कबीर ने फ़ोन पर कराहते हुए कहा।

"चुप रह और सुन!" चाची की आवाज़ रसोई के शोर को चीर गई। **"बीस मिनट पहले ऐप ने उसका आर्डर हमारी गली के सामने वाले कैफ़े को दिया — डीएलएफ फेज 3 की सारी दुकानें दीवाली की भीड़ के कारण बंद हैं। जानता है उस बेचारी ने क्या आर्डर किया? सूखे बिस्कुट और नींबू पानी! छी! जो औरत सोलह घंटे जगमगाती कंप्यूटर स्क्रीन को घूरती है, वह अंग्रेज़ी परिंदों के दाने पर नहीं जी सकती!"**

उन्होंने गर्म चूल्हे पर रखे एक चमचमाते तीन परतों वाले स्टील के टिफ़िन को उठाया और भारी पीतल के तालों को तीन तेज़, पक्के *क्लिक* की आवाज़ों के साथ बंद कर दिया।

"सबसे नीचे : असली मटन दम बिरयानी — तले हुए केसरी प्याज़ के साथ," चाची ने स्पीकर पर गर्व से एलान किया। **"बीच में : शाही टुकड़ा — गाढ़ी,**

इलायची वाली रबड़ी में डूबा हुआ। ऊपर : ठंडा पुदीना-अनार का रायता। मैंने इसे गाढ़ी लाल कपड़े की पोटली में पैक किया है ताकि भाप क़ैद रहे। यह टिफ़िन ठंडा होकर किसी फुटपाथ पर नहीं बैठेगा, कबीर! जब मशीनें फेल हों, दिल का जुगाड़ राज करता है! ताऊ! आरिफ़ के लड़कों के लिए सीटी बजाओ!"

ताऊ रहीम ने एक पल भी नहीं गँवाया। उन्होंने अपनी लुंगी पर हाथ पोंछा, लंगर के बोर्ड के नीचे कदम रखा, और दो उँगलियाँ मुँह में डालकर एक ऐसी चीख़ती हुई, तेज़ सीटी मारी जो एमजी रोड के शोर को चीर गई।

बीस सेकंड के भीतर, टूटी लकड़ी की बेंचों पर कटिंग चाय पीते तीन डिलीवरी राइडर उछलकर खड़े हो गए।

"सुनो, शेरों!" ताऊ रहीम ने लाल कपड़े की टिफ़िन पोटली की तरफ़ इशारा करते हुए दहाड़ा। **"राइडर 88492 खंभा 88 पर मरी हुई बाइक लेकर फँसा है। उसके डिलीवरी टाइम के ख़त्म होने और सेंटिनल के दीवाली बाल-शिक्षा बोनस को हड़पने से पहले साढ़े तीन मिनट बचे हैं। हम दिल का जुगाड़ चालू कर रहे हैं! आरिफ़ के नाम पर! पहला नंबर कौन लेगा?"**

छोटू — बिहार से आया उन्नीस साल का लड़का, तेज़ रफ़्तार वाले बिजली के स्कूटर पर — आगे बढ़ा और अपनी छाती की सेफ्टी जैकेट पर थपकी मारी। **"मेरी बैटरी अस्सी परसेंट है, ताऊ! मैं मेट्रो के खंभे के पास वाली पगडंडी से कूदकर पुलिस का नाका पार कर सकता हूँ!"**

"शाबाश बेटे!" फ़ातिमा चाची ने लाल टिफ़िन पोटली छोटू की बाँहों में थमाई। **"हनुमान जी की तरह चलाओ जो संजीवनी पहाड़ उठाए जाते थे! टिफ़िन तिरछा मत करना, नहीं तो रबड़ी बिरयानी में गिरेगी! चलो, चलो, चलो!"**

✦ ✦ ✦

जब छोटू का बिजली का स्कूटर ओखला की संकरी गलियों की भूलभुलैया में नीली बिजली की तरह घुसा, उसी वक्त — महज़ तीन किलोमीटर दूर — आर्किड हाइट्स के **टावर सी के क्लब हाउस** में, धुएँ और डीज़ल की दुनिया से पूरी तरह कटा एक अलग ब्रह्मांड बसा हुआ था — चालीस मंज़िलें ऊपर।

यहाँ "क्लाउड नाइन सैलून" के भीतर, सेक्टर 44 की बारिश और डीज़ल के धुएँ का कोई वजूद नहीं था। हवा इक्कीस डिग्री पर वातानुकूलित (एसी से ठंडी) थी और विदेशी इत्र और चंदन की खुशबू से महक रही थी। काँच के झूमरों ने इटली की महंगी लकड़ी की मेज़ों पर एक गर्म, सुनहरी रोशनी बिखेर रखी थी — बड़े-बड़े विदेशी व्यापारी, बिल्डर और कंपनियों के बड़े अफसरों का यह सालाना धनतेरस की रात ताश और जुए का जलसा था। सफ़ेद दस्ताने पहने बैरे महंगे ईरानी कालीन पर चुपचाप घूम रहे थे, चाँदी की तश्तरियों में महंगे कबाब, समुद्री झींगे और इक्कीस साल पुरानी विदेशी शराब के गिलास लिए।

केंद्र की मेज़ पर, दस हज़ार रुपये के सीप वाले कैसीनो सिक्कों के ढेरों के बीच, बैठा था — एरिया मैनेजर और वाइस प्रेसिडेंट — **विक्रम सिंघानिया**।

विक्रम बेदाग़ था। उसने इटली का महंगा रेशमी सूट पहना था जो झूमर की रोशनी में एक शांत, शिकारी चमक से दमकता था। उसके हीरों से जड़े बटन उस वक्त चमके जब उसने काँच के गिलास में महंगी शराब का एक घूँट घुमाया और अपनी चमड़े की बड़ी कुर्सी में उस लापरवाह अकड़ से झुक गया जो उस आदमी को होता है जिसने आसमान ख़रीद रखा हो।

"मैं तुम्हें बता रहा हूँ, सज्जनों — मज़दूर तो बस एक मशीन के पुर्ज़े हैं, जिन्हें जितना दबाओ उतना काम निकलता है," विक्रम ने हँसते हुए हरी मेज़ पर ताश

के दो नीले सिक्के फेंके। **"हमारी दीवाली से पहले की कमाई लो। धनतेरस से अड़तालीस घंटे पहले डिलीवरी का काम तीन सौ परसेंट बढ़ जाता है। चालीस हज़ार राइडरों को त्योहार का बोनस दें तो कंपनी के मुनाफ़े को बारह परसेंट का झटका लगता है।"**

मेज़ के उस पार बैठे एक बड़ी कंपनी के मालिक ने अपने सिगार के ऊपर से भौंह उठाई। **"तो बिना हड़ताल के मुनाफ़ा कैसे बचाते हो, विक्रम?"**

विक्रम मुस्कुराया — उसके पतले होंठों का वह ठंडा, रूखा मुड़ाव। उसने अपने चमचमाते आईपैड की तरफ़ इशारा किया — जिस पर **सेंटिनल v5.04** की मेन कंट्रोल स्क्रीन लोड थी — जो उसके शराब के गिलास के ठीक बगल में हरी मेज़ पर रखा था।

"रुकावट का खेल," विक्रम ने गिलास पर उँगली ठोंकते हुए कहा। **"तीन हफ़्ते पहले हमने एलान किया — धनतेरस की आधी रात से पहले 4.80 से ऊपर हसल स्कोर (मेहनत का आँकड़ा) बनाए रखने वाले किसी भी राइडर को पचास हज़ार का दीवाली मेगा-बोनस मिलेगा। वे रेस के कुत्तों की तरह दौड़ते हैं। सोलह-सोलह घंटे की शिफ्ट करते हैं। लेकिन पैसे मिलने से अड़तालीस घंटे पहले, हमारा बनाया हुआ खास कोड सिस्टम में चुपचाप चालू हो जाता है।"**

वह आगे झुका, अपनी आवाज़ एक राज़दार, शेखी भरी फुसफुसाहट में बदलते हुए।

"हमारा सिस्टम उन सभी राइडरों को पहचान लेता है जो 4.81 और 4.84 के बीच हैं। भीड़ के समय, यह उन्हें जानबूझकर मुश्किल रास्तों पर भेजता है — वीआईपी नाके, संकरी गलियाँ, चेकिंग पॉइंट — जबकि उन पर नौ मिनट की

कड़ी समय-सीमा चलती रहती है। जब जाम उन्हें लेट होने पर मजबूर करता है, तो मशीन अपने-आप 'काम में देरी' के नाम पर उनके नंबर काट लेती है। आधी रात तक, अस्सी परसेंट राइडर 4.80 के नीचे गिर जाते हैं। नियम के तहत उनका बोनस रद्द हो जाता है, डिलीवरी तेज़ होती है, और कंपनी बयालीस करोड़ रुपये का बोनस पचा जाती है।"

मेज़ पर तारीफ़ की बड़बड़ाहट और धीमी हँसी का ज्वार उठा।

"ज़ालिम है, विक्रम। बिल्कुल ज़ालिम," विदेशी व्यापारी ने हँसते हुए सिर हिलाया। **"मैं पचास हज़ार और दाँव पर लगाता हूँ।"**

विक्रम ने शराब का गिलास उठाया, उसकी आँखें जगमगाईं। **"ज़ालिम? नहीं, राजीव। यह शुद्ध गणित है। मशीन को रहम नहीं आता, और घर हमेशा जीतता है।"**

✦ ✦ ✦

धरती पर, खंभा 88 पर, कबीर ने अपना गर्म झोला खोल दिया था और मरी हुई स्प्लेंडर को एक नगर निगम के कूड़ेदान के पीछे छुपा दिया था। वह फुटपाथ पर खड़ा था — नारंगी जैकेट बत्ती के नीचे चमकती हुई — आँखें फ़ोन की स्क्रीन पर जमी हुईं।

बचा हुआ समय: 03 मिनट 14 सेकंड

अचानक, अँधेरे अंडरपास से एक तेज़ बिजली की सनसनाहट गूँजी। छोटू का नीला बिजली का स्कूटर अंधेरे से बाहर निकला, कंक्रीट के फुटपाथ पर स्टैंड की चिंगारी से उछलता हुआ। उसने पूरे ब्रेक नहीं लगाए — बारह किलोमीटर प्रति

घंटे की रफ़्तार से धीमा होते हुए उसने अपनी बाईं बाँह किसी रेस के धावक की तरह बढ़ाई।

"पकड़ो, कबीर भाई! असली दिल का जुगाड़! आरिफ़ के नाम पर!" छोटू हवा के शोर पर से चिल्लाया।

चलते स्कूटर के साथ दौड़ते हुए, कबीर ने लाल कपड़े की भारी पोटली छोटू की पकड़ से झपट ली। एक पल की भी चूक किए बिना, वह पप्पू की पीठ पर कूदकर बैठ गया — जो एक गरजती हुई टीवीएस अपाचे पर अभी-अभी आया था।

"कसकर पकड़ो, हीरो!" पप्पू ने अपने हेलमेट के भीतर से चिल्लाया। **"हम सब्ज़ी मंडी की गली में घुस रहे हैं!"**

अगले तीन मिनट शुद्ध, बेखौफ़ गली की रेस थे। पप्पू ने अपाचे को बाईं तरफ़ तेज़ी से मोड़ा और मुख्य सड़क से उतरकर ओखला सब्ज़ी मंडी की तंग गलियों में घुस गया। खाली लकड़ी के टोकरे, सोते आवारा कुत्ते और धनिए के ढेर उनकी टखनों के पास से उड़ते गए।

कबीर पिछले पायदान पर किसी घुड़सवार की तरह बैलेंस कर रहा था — एक हाथ से फ़ातिमा चाची का तीन परतों वाला स्टील का टिफ़िन सीने से लगाए, दूसरे हाथ से चौंके हुए चौकीदारों को नाटकीय ढंग से हाथ हिलाते हुए।

"रास्ता दो, रास्ता दो!" कबीर उमस भरी रात की गली में बेलगाम उल्लास के साथ हँसते हुए चिल्लाया। **"ओखला की रसोई से शाही डिलीवरी! मशीन की रानी के लिए ज़रूरी आर्डर! जो भी बाइक रोकेगा उसे हमेशा के लिए एक स्टार रेटिंग का श्राप लगेगा!"**

जब गली के आगे एक कूड़े की गाड़ी ने रास्ता रोका, पप्पू ने एक पल नहीं गँवाया। उसने पिछला ब्रेक दबाया, अपाचे को एक सधी हुई स्लाइड में डाला जो गाड़ी के रैंप के ठीक नीचे से निकल गई — पहिए ईंट की दीवार से रगड़ते हुए — फिर आर्किड हाइट्स की पक्की सड़क पर वापस सीधा आ गया।

आगे, आर्किड हाइट्स के ऊँचे लोहे और काँच के गेट धुएँदार आकाश के सामने खड़े थे। सिक्योरिटी गार्ड के केबिन की डिजिटल घड़ी पर लिखा था — 1:39 AM।

कबीर अपाचे के अभी दस किलोमीटर की रफ़्तार से चलते समय ही पीछे से कूद गया — जूते चमचमाते पत्थर पर फिसलते हुए। उसने स्क्रीन देखी जैसे ही अँगूठा गेट के दायरे पर पहुँचा:

```
==================================================
बचा हुआ समय: 00 मिनट 11 सेकंड
स्टेटस: लोकेशन पर पहुँचे। आर्डर #7731 समय पर दर्ज।
हसल स्कोर: 4.81 (सुरक्षित)
==================================================
```

"शानदार जीत! दिल का जुगाड़ ज़िंदाबाद!" कबीर ने मुट्ठी हवा में लहराई, बेसाँस होकर पप्पू की तरफ़ मुस्कुराते हुए। पप्पू ने जश्न में दो बार हॉर्न बजाया और अँधेरी सड़क में घुस गया।

बारिश की नमी और सड़क की कालिख माथे से पोंछकर, कबीर ने कॉलर सीधा किया, टिफ़िन की लाल कपड़े की दस्तियाँ फुलाईं, और टावर बी के संगमरमर

वाली लॉबी की तरफ़ बढ़ चला। वह अब महज़ एक डिलीवरी बॉय नहीं था जो आधी रात का खाना पहुँचा रहा हो — वह एक योद्धा था जो मशीनी चक्रव्यूह से गुज़रकर गर्म केसरी बिरयानी लाया था।

✦ ✦ ✦

चौबीस मंज़िलें ऊपर, फ्लैट 2402 के भीतर, माहौल किसी अस्पताल के ऑपरेशन थियेटर जितना सन्नाटा और निर्जीव था।

तारा अपनी स्टडी में आरामदायक कुर्सी पर टाँगें मोड़कर बैठी थी। उसका चाँदी जैसा चमचमाता लैपटॉप दो बड़ी स्क्रीन से जुड़ा था — जो उसके चेहरे को नीले और हरे उजाले में नहलाते थे। उसकी बड़ी-बड़ी दोहरी परत वाली खिड़कियों से बाहर, गुड़गाँव की विशाल दुनिया एक बिजली के नक़्शे जैसी धुंध में धड़कती लग रही थी। बीच के बगीचे के ठीक उस पार, टावर सी के ऊपर क्लब हाउस चमक रहा था — जहाँ उसके एरिया मैनेजर और बड़ी कंपनी के अफसर अभी ताश और जुए की मेज़ों पर बैठे हुए थे।

सामने वाली स्क्रीन पर **सेंटिनल v5.04** की चेकिंग स्क्रीन चल रही थी। कोड की पंक्तियाँ बाईं स्क्रीन पर हरे झरने की तरह बह रही थीं।

तारा ने एक ढीली-ढाली ग्रे रंग की हुडी पहनी थी जिसके नीचे काली पैंट थी। बाल एक ढीले जूड़े में एक लकड़ी की सिलाई से बँधे थे। वह दोनों हाथों में ठंडी ग्रीन टी का कप पकड़े थी — पर पी नहीं रही थी। उसकी भूरी आँखें सेक्टर 44 के स्क्रीन वाले नक़्शे पर एक खास, जगमगाते नारंगी निशान पर टिकी थीं:

[राइडर आईडी: 88492] → लोकेशन: सेक्टर 44 → रफ़्तार: 41.2 किलोमीटर प्रति घंटा

उस रात से जब कबीर उसके गलियारे के फ़र्श पर बैठा था — थकान के बावजूद हँसते हुए, अपनी पाँच साल की भतीजी मेहर के बारे में एक ऐसी रक्षात्मक कोमलता से बोलते हुए जिसने उसके अपने सीने को कुछ कस दिया था — तारा एक शांत विद्रोह की अवस्था में क़ैद हो गई थी।

दिन में वह वातानुकूलित (एसी वाले) काँच के कमरों में बैठकर एरिया मैनेजर विक्रम को "काम का हिसाब," "राइडरों की रफ़्तार," और "मेहनत का निचोड़" जैसी बातें बड़बड़ाते सुनती। रात में, अपने मूक फ्लैट में अकेले, वे कॉर्पोरेट भाषा के भारी शब्द भूतों में बदल जाते। जब भी वह अपने कोड को देखती, उसे मशीन के आँकड़े नहीं दिखते — उसे कबीर की लाल आँखें दिखतीं, उसके फटे पोर, उसकी पीली जैकेट की घिसी हुई आस्तीनें।

"तू अपना अफ़सरी रूखापन खो रही है, तारा," उसने खाली कमरे से फुसफुसाते हुए कहा, उँगलियाँ कीबोर्ड पर हल्के से टिकी हुईं। **"तू मुख्य डिज़ाइनर है। तुझे मेन कंट्रोल स्क्रीन रात के दो बजे इसलिए नहीं खोलनी चाहिए कि एक राइडर को उसका पंद्रह मिनट का आराम मिला या नहीं।"**

उसने लैपटॉप पर एक सुरक्षित सिस्टम स्क्रीन खोली और अपने मुख्य पासवर्ड से लॉग इन किया:

```
==================================================
सिस्टम लॉग इन: मुख्य डिज़ाइनर (TS-204) — रूट पासवर्ड स्वीकृत।
==================================================
```

उसने कबीर की पिछले चौदह दिनों की कमाई और रेटिंग का हिसाब देखने के लिए एक कमांड टाइप की:

```
==================================================
राइडर आईडी : 88492 (कबीर आर.)
हसल स्कोर   : 4.81 (सुरक्षित)
कुल डिलीवरी  : 184
देरी         : 1 (माफ़ की गई)
बोनस स्थिति  : नंबर वन श्रेणी (₹50,000 बोनस पक्का)
==================================================
```

तारा के होंठों से राहत की एक धीमी साँस निकली। वह सुरक्षित था। 4.81। उस क्रूर 4.80 सीमा से महज़ एक सौवें का अंतर।

अचानक, उसकी तेज़, पारखी आँखों ने सिस्टम के भीतर एक छुपे हुए गुप्त कोड को चलते देखा। यह आम सेंटिनल नियम नहीं था। यह एक दूसरा गुप्त कोड था जो किसी अनजान आदेश के तहत चल रहा था: OVR_SCRIPT_VIKRAM_SURGE_MAX।

तारा ने माथे पर बल डाले, लैपटॉप पर कोड को ज़ूम किया और रास्तों के नियम को ध्यान से पढ़ा। जैसे-जैसे नियम उसकी स्क्रीन भरता गया, उसके गले में साँस अटक गई।

"हे भगवान," वह फुसफुसाई, इतनी आगे झुकते हुए कि उसकी नाक लगभग स्क्रीन को छू रही थी। **"विक्रम... तूने यह क्या किया?"**

यह एक सोची-समझी, लुटेरी साज़िश थी। बिल्कुल वैसा जैसा विक्रम अभी टावर सी में अपनी ताश की मेज़ पर शेखी बघार रहा था — मशीन को जानबूझकर उन राइडरों पर देरी डालने के लिए बनाया गया था जो 4.80 सीमा के पास थे, ताकि दीवाली की समय-सीमा से ठीक पहले अपने-आप -0.05 पेनल्टी लग जाए।

"यह एक मशीनी कसाईखाना है," तारा बड़बड़ाई, उसकी गर्दन से उँगलियों तक ठंडे ग़ुस्से की लहर उठी। **"वे मेरे बनाए डिज़ाइन का इस्तेमाल उन्हें अंधे करके लूटने के लिए कर रहे हैं।"**

इससे पहले कि वह कोड को और गहराई से देखती, उसके सामने के दरवाज़े की सुरीली घंटी उसके मूक गलियारे में गूँजी।

✦ ✦ ✦

तारा पलकें झपकाते हुए स्क्रीन से पीछे हटी। उसने दीवार पर लगे कैमरे के पर्दे पर देखा।

चौबीसवीं मंज़िल के गलियारे की रोशनी में खड़ा था — कबीर। उसकी नारंगी जैकेट की बाईं आस्तीन पर ताज़ा कीचड़ के धब्बे थे। वह दाहिने हाथ में एक चमकीली लाल, कसकर गाँठ बँधी कपड़े की पोटली संभाले हुए चौखट पर झुका खड़ा था। कैमरे के गोल शीशे से भी, उसकी आँखों की वह अचूक, शरारती चमक दिख रही थी।

तारा ने बड़ा ताला खोला और भारी लकड़ी का दरवाज़ा खींचा।

"फ्लैट 2402 के लिए खास डिलीवरी!" कबीर ने अपना हेलमेट एक नाटकीय अंदाज़ में उतारते हुए कहा — जिससे तीन बूँदें बारिश का पानी उसके चमचमाते लकड़ी के फ़र्श पर छिटक गईं। **"एक असली, बिना मशीन का, ज़बरदस्त रात का खाना — ताऊ रहीम की रसोई से तेज़ रफ़्तार दिल के जुगाड़ वाले टिफ़िन रिले के ज़रिए सीधे हाज़िर!"**

तारा दरवाज़े में खड़ी रही, बाँहें हुडी पर मोड़े — अपना सख्त, अफ़सरी रौब बनाए रखने की भरपूर कोशिश करती, जबकि दिल उसकी पसलियों के भीतर एक अचानक, तेज़ धड़कन से धड़का।

"तुम्हें पता है क्या वक्त हुआ है, कबीर?" उसने पूछा, आवाज़ में चंचल संदेह। **"और यह लाल थैला क्या है? ऐप ने कहा था मैंने सेक्टर 44 के कैफ़े से सूखे बिस्कुट और नींबू पानी आर्डर किए हैं।"**

"ऐप झूठा है, मैडम," कबीर ने मुस्कुराते हुए कहा, उसके बुलावा देने का इंतज़ार किए बिना अंदर क़दम रखा और भारी हेलमेट उसकी संगमरमर की मेज़ पर रख दिया। **"ऐप एक बेजान मशीन है जो सोचती है इंसान सूखे दानों और केमिकल वाले पानी पर ज़िंदा रह सकता है। फ़ातिमा चाची ने आपका आर्डर बीच में ही रोक लिया। उन्होंने कहा — अगर आज रात मैंने आपको गत्ता खाने दिया, तो वे रसोई में मेरा आना बंद कर देंगी।"**

उसने लाल पोटली मेज़ पर रखी और कपड़े की गाँठें तेज़ी से खोलीं, चमचमाता तीन परतों वाला स्टील का टिफ़िन सामने आया। अपने खुरदरे अँगूठों से एक तेज़ झटके में पीतल के ताले खोले।

तुरंत, तारा के फ्लैट की निर्जीव, लैवेंडर-खुशबू वाली हवा मटन बिरयानी की एक मदहोश करने वाली लहर से महक उठी। देर तक पकी मटन की असली सुगंध,

तले हुए प्याज़, भुने केसर और इलायची वाली दूध की ख़ुशबू स्टील की परतों से उठी और ऊँची छत की तरफ़ एक गर्म आलिंगन की तरह बढ़ी।

तारा के पेट से भूख की एक तेज़ गुर्राहट निकली। उसका अफ़सरी रौब पूरी तरह पिघल गया। वह बिरयानी को देखती रही, मुँह में पानी भर आया। **"ठीक है... इसकी खुशबू... कमाल है।"**

"यह शुद्ध ओखला का जादू है, बॉस," कबीर हँसा, पोटली की जेब से दो स्टील के चम्मच निकाले और उसे एक दिया। **"बैठो। खाओ। अगर तुम अपने लैपटॉप के सामने भूख से बेहोश हो गईं, तो मेरी ज़िंदगी की तकनीकी गड़बड़ियाँ कौन ठीक करेगा?"**

तारा सामने की कुर्सी पर बैठ गई। पूरे हफ़्ते में पहली बार, उसने किसी स्क्रीन को नहीं देखा। उसने गर्म, सुगंधित चावल और नरम मटन का एक चम्मच उठाया। जैसे ही स्वाद फूटे — देसी घी की मिठास, काली मिर्च की तीखास, और केसर का सुकून — उसके कंधे आराम से झुक गए, कई दिनों का जमा तनाव हवा हो गया।

"यह लाजवाब है," वह फुसफुसाई, एक और बाइट लेते हुए। **"खाना कहीं और इस तरह का क्यों नहीं होता?"**

"क्योंकि ताऊ रहीम दिल और यादों से पकाते हैं, घड़ी देखकर नहीं," कबीर ने धीरे से कहा, बाँहें मेज़ पर टिकाए। वह खा नहीं रहा था — एक नरम, एकाग्र ध्यान से उसे देख रहा था जिसने उसकी त्वचा को सिहरा दिया। **"जब आप किसी की आत्मा को खिलाने के लिए पकाते हो, तो आप स्टॉपवॉच नहीं देखते।"**

तारा रुकी। चम्मच मलाईदार *शाही टुकड़े* की दूसरी परत के ऊपर ठहरी। उसने उसके चेहरे की तरफ़ देखा। बत्ती के नीचे वह उसकी आँखों के नीचे गहरी बैंगनी छाया देख सकती थी, उसके मुँह के कोनों पर थकान की बारीक लकीरें, और उसकी कलाई पर एक पुराने इंजन पाइप के जलने का निशान।

"तुम बहुत थके हुए दिखते हो, कबीर," उसने धीरे से कहा, आवाज़ से सारी बनावट गायब। **"आज कितने घंटे काम किया?"**

"चौदह," उसने सादगी से कहा, एक हल्की मुस्कान देते हुए। **"या शायद पंद्रह। बारहवें घंटे के बाद, रास्ते और गाड़ियाँ एक-दूसरे में घुल जाते हैं। पर स्कोर 4.81 पर टिका हुआ है। मेहर के स्कूल का एडमिशन फॉर्म दिल्ली में मेरे किचन काउंटर पर रखा है। कल बारह डिलीवरी और, और दीवाली का बोनस बैंक खाते में आ जाएगा।"**

इससे पहले कि तारा समझ पाती कि विक्रम के इस साज़िश वाले कोड के बारे में बिना अपनी सच्चाई खोले उसे कैसे चेताए, कबीर का फ़ोन मेज़ पर ज़ोर से वाइब्रेट किया।

स्क्रीन एक सुरीली घंटी से रोशन हुई: **वीडियो कॉल: भाभी / मेहर**।

कबीर का चेहरा पल में बदल गया। थकान उसके कंधों से ऐसे ग़ायब हुई जैसे धूप के सामने से परछाईं। उसने टूटे हुए फ़ोन को नमकदानी के सहारे टिकाया और हरे बटन पर स्वाइप किया।

"चाचू!" एक उत्साही पाँच साल की आवाज़ छोटे स्पीकर से चीख़ी।

पूरी स्क्रीन एक हिलती हुई तस्वीर से भर गई — मेहर का चेहरा। वह दिल्ली में अपने बिस्तर पर बैठी थी, एक बड़ा, खरोंचा हुआ नारंगी प्लास्टिक का हेलमेट

पहने। हेलमेट उसके एक कान पर झुका हुआ था, हर बार जब वह सिर हिलाती तो उसका पूरा चेहरा ढक लेता था।

"अरे वाह! देखो मेरे रॉकेट कमांडर को!" कबीर मुस्कुराते हुए बोला, उसकी गहरी आवाज़ शुद्ध प्यार से गूँजती हुई। **"कमांडर साहिबा, रात के दो बजे हैं! आँखें बंद क्यों नहीं हैं? मम्मी ने देख लिया तो स्पेसशिप ज़ब्त कर लेंगी!"**

"मम्मी किचन में दूध उबाल रही है!" मेहर ने छोटी हथेलियों से भारी शीशा अपनी नाक के ऊपर धकेलते हुए बताया। **"चाचू! आपका कमरा इतना चमकीला और सफ़ेद क्यों है? आप कहाँ हो? और वो टिफ़िन खा रही प्यारी दीदी कौन है?"**

तारा ठिठक गई, चम्मच मुँह के आधे रास्ते पर। उसने महसूस किया कि उसके गालों में एक अचानक गर्माहट भर गई।

कबीर हँसा, फ़ोन को थोड़ा घुमाया ताकि तारा उसके साथ स्क्रीन में आ जाए। **"यह तारा दीदी हैं, मेहर। वह बड़ी डिज़ाइनर हैं जो वे कंप्यूटर स्क्रीन बनाती हैं जिन्हें चाचू रात में फ़ोन पर इस्तेमाल करते हैं।"**

मेहर ने सीधे कैमरे के लेंस में झाँका, उसकी बड़ी भूरी आँखें तुरंत पाँच साल के बच्चे के संदेह से सिकुड़ीं। उसने एक छोटी उँगली शीशे की तरफ़ उठाई। **"तारा दीदी? क्या आप वही आंटी हैं जो फ़ोन के अंदर रहती हैं और रात भर बीप-बीप जल्दी कर बैड बॉय करती रहती हैं?"**

कबीर ने हाथ के पीछे हँसी छुपाई।

तारा नहीं हिचकी। इसके बजाय, उसके सीने में कुछ गहरा और प्यारा एहसास जागा। उसने चम्मच रखी, मेज़ के ऊपर झुकी जब तक उसका चेहरा कबीर की फ़ोन स्क्रीन से इंच भर दूर न हो, और मेहर को एक कड़ा, फ़ौजी सलाम किया।

"कमांडर मेहर, बात करने की इजाज़त है?" तारा ने अपनी आवाज़ को एक नाटकीय फुसफुसाहट में उतारा।

मेहर ने पलकें झपकाईं, उसका मुँह हैरानी से 'O' बन गया। उसने हेलमेट ऊपर धकेला और एक नन्ही हथेली से सलाम किया। **"इजाज़त है, दीदी।"**

"मैं गुस्से वाली बीप राक्षस नहीं हूँ," तारा ने गंभीरता से कहा। **"मैं असल में एक गुप्त जादुई डिज़ाइनर हूँ। पिछले तीन दिनों से मैं अपने मेन कंप्यूटर से सीधे आपके चाचू के फ़ोन में जादू कर रही हूँ जब बुरे बॉस सोते हैं। क्या तुम जानती हो उनके ऐप के अंदर मैं क्या बना रही हूँ?"**

मेहर ने ज़ोर से सिर हिलाया, हेलमेट डगमगाया। **"क्या?"**

"मैं एक छुपे हुए जादुई रॉकेट बटन की कोडिंग कर रही हूँ," तारा फुसफुसाई, उसकी भूरी आँखें सच्ची गर्माहट से जगमगाईं। **"अगली बार जब तुम उन्हें ट्रैफिक में गाड़ी चलाते देखो, तो स्क्रीन उन्हें डाँटेगी नहीं। यह उनकी स्प्लेंडर मोटरसाइकिल को एक सुपर रॉकेट में बदल देगी ताकि वे सीधे तुम्हारे घर एक हज़ार किलोमीटर प्रति घंटे की रफ़्तार से उड़ सकें — तुम्हारा जगमगाता गुलाबी दीवाली गुड़ियाघर लेकर। यह हमारा अपना डिजिटल जुगाड़ है। पर तुम्हें एरिया मैनेजर विक्रम से वादा करना होगा कि इसे राज़ रखोगी। पक्का वादा?"**

मेहर ने साँस ली, उसका पूरा चेहरा खुशी और अचरज से खिल उठा। उसने अपने छोटे हाथ एक साथ पटके, फ़ोन का कैमरा हिला। **"सच में?! असली रॉकेट बटन?! चाचू! तारा दीदी सबसे बेस्ट जुगाड़ हैं! उन्हें अपनी मोटरसाइकिल से जाने मत दो!"**

"वह जा नहीं रही, बेटा," कबीर ने धीमे से कहा।

जब तारा ने थोड़ा सिर घुमाया, तो उसे एहसास हुआ कि कबीर अब फ़ोन स्क्रीन नहीं देख रहा था। वह सीधे उसके चेहरे को देख रहा था। उसकी काली आँखें जगमगा रही थीं — सड़क के बेबाक अंदाज़ के पीछे से — एक गहरी, अनमोल कोमलता से भरी हुई, जिसने उनके बीच की हवा को अचानक बहुत अपनापन भरा बना दिया।

उस एक साँस रोक देने वाले पल में — ओखला की बिरयानी की खुशबू और एक बच्चे की हँसी के बीच — तारा को लगा उसके अफ़सरी रूखेपन की आख़िरी दीवार भी ढह गई। वह सिर्फ़ कबीर की हिम्मत की प्रशंसक नहीं थी — वह इस आदमी और उस छोटी लड़की के लिए बहुत गहरी हमदर्दी महसूस कर रही थी।

"ठीक है, रॉकेट कमांडर," कबीर ने फ़ोन में धीमे से कहा, आवाज़ भावनाओं से भारी। **"अब सोने का वक्त है। लेटो, आँखें बंद करो, और रॉकेट के सपने देखो। चाचू दीवाली की सुबह मिलेंगे। लव यू, मेरी जान।"**

"लव यू चाचू! बाय तारा दीदी!" मेहर ने एक प्यारी सी किस सीधे कैमरे में उड़ाई और कॉल एक हल्की आवाज़ के साथ ख़त्म हो गई।

फ्लैट ख़ामोशी में डूब गया। बाहर, बारिश ने शीशे के पानों पर ज़ोर से बजना शुरू कर दिया था, शहर की रोशनियाँ सुनहरे धब्बों में धुंधला रही थीं।

तारा ने थूक निगली, दिल ज़ोर से धड़क रहा था। उसने मेज़ पर कबीर के हाथों को देखा — हाथ जो बिना शिकायत के चौदह घंटे काम करते थे, हाथ जो सिर्फ़ इसलिए मंडी की गली से टिफ़िन ले आए ताकि वह भूखी न सोए।

"कबीर," उसने कहा, आवाज़ एक बेचैन फुसफुसाहट में बदल गई। **"कुछ है जो मुझे तुम्हारे ऐप के बारे में बताना है। मशीन के नियम के बारे में।"**

कबीर ने मुस्कुराते हुए मेज़ के पार हाथ बढ़ाया जब तक उसकी खुरदरी उँगलियाँ उसके दाहिने हाथ को हल्के से छू न गईं। छूने का वह एहसास सीधे उसकी बाँह में गर्माहट की एक लहर की तरह दौड़ा। **"अपनी नौकरी मुझे मत समझाओ, तारा। मैं जानता हूँ दुनिया कैसे चलती है। बड़ी इमारतें, जटिल मशीनें, छोटे आदमी दो पहियों पर। सब ठीक है।"**

"नहीं, यह ठीक नहीं है," उसने बेचैनी से कहा, अपनी हथेली पलटकर उसकी उँगलियाँ अपने हाथ में कस लीं। **"तुम नहीं समझते। मैं अभी सेंटिनल सिस्टम में अपने लैपटॉप पर थी। मेरे एरिया मैनेजर, विक्रम ने... वह एक लुटेरा गुप्त कोड चला रहा है। वह जानबूझकर उन राइडरों को निशाना बना रहा है जो 4.80 बोनस की सीमा के पास हैं।"**

कबीर बिल्कुल स्थिर हो गया। उसका अँगूठा उसके हाथ पर रुक गया। **"निशाना बनाने से क्या मतलब है?"**

"वो कोड तुम्हारी लाइव जीपीएस लोकेशन ट्रैक करता है," तारा ने तेज़ी से समझाया, उसके शब्द बेचैनी से उमड़ रहे थे। **"जब भी तुम भीड़ के समय कोई**

आर्डर लेते हो, विक्रम का कोड जानबूझकर रास्तों में देरी डालता है। तुम्हें बंद रास्तों या तीस मिनट की लंबी कतारों वाली दुकानों पर भेजता है — पर स्क्रीन पर नौ मिनट की कड़ी उल्टी घड़ी चलाता रहता है।"

कबीर का चेहरा कठोर हो गया, उसकी आँखों की शरारती रोशनी एक ठंडी, भयावह सच्चाई में बदल गई। **"तो जब हम उस जाम में फँसते हैं जो ऐप को पहले से पता है कि वहाँ है..."**

"सिस्टम उसे तुम्हारी जानबूझकर की गई गलती मानता है," तारा ने बात पूरी की, उसकी आवाज़ ग़ुस्से से काँप रही थी। **"और अपने-आप तुम्हारी प्रोफाइल पर -0.05 हसल स्कोर (मेहनत का आँकड़ा) काट लेता है। वे जानबूझकर कर रहे हैं, कबीर! वे कल रात तुम्हारे खाते पर अपने-आप पेनल्टी लगाएंगे ताकि तुम्हारी रेटिंग धनतेरस की रात से ठीक पहले 4.80 से नीचे आ जाए! उनका कभी इरादा नहीं था तुम्हें वह पचास हज़ार देने का!"**

कबीर ने धीरे से उसका हाथ छोड़ा, मेज़ से उठा। कमरे की परछाइयाँ उसके चारों तरफ़ खिंचती लगीं। वह खिड़की तक गया, बारिश में धुलती गुड़गाँव की ऊँची इमारतों को देखता रहा।

"पचास हज़ार रुपये," उसने शीशे से कहा, उसकी आवाज़ एकदम खोखली थी। **"क्या तुम जानती हो इस काँच के कमरे में इस नंबर का क्या मतलब है, तारा? तुम्हारे एरिया मैनेजर विक्रम के लिए, पचास हज़ार रुपये उसके वीकेंड गोल्फ़ क्लब की फ़ीस का आधा है। कंप्यूटर के बिल का एक मामूली सा छुट्टा पैसा।"**

वह उसकी तरफ़ घूमा, उसकी छाती भारी उठती-गिरती हुई।

"मेरे लिए, वह नंबर मेहर की सेंट मैरी स्कूल में एडमिशन फ़ीस है। यह इसके बीच का फ़र्क़ है — वह अंग्रेज़ी कंप्यूटर स्क्रीन पर सीखते हुए बड़ी हो या ओखला के किसी धूल-भरे कपड़े के कारखाने में सिलाई करते हुए जैसे उसकी माँ! क्या तुम जानती हो ताऊ रहीम हर रात एक बजे वह बिरयानी क्यों पकाते हैं? क्योंकि दो साल पहले, उनके उन्नीस साल के बेटे आरिफ़ को तुम्हारी कंपनी के नौ मिनट की उल्टी घड़ी ने सिकंदरपुर फ्लाईओवर पर मौत तक खदेड़ा था! आरिफ़ ने अपना स्कूटर एक पानी के टैंकर से टकरा दिया — रेटिंग का पाँच-सौवाँ हिस्सा बचाने की कोशिश में, ताकि उसके पिता का त्योहार का बोनस न जाए! उस सड़क पर हर आदमी अपनी पीठ पर आरिफ़ का ख़ून लेकर चलता है! मैंने तीन महीने पहले एक फिसलन भरे फ्लाईओवर पर अपनी पसलियाँ तोड़ीं और तीन हफ़्ते बँधी छाती से गाड़ी चलाई — सिर्फ़ इसलिए कि उस नंबर के लिए मेरा रेकॉर्ड ज़िंदा रहे!"

"मुझे पता है," तारा उठी, कमरे के पार चलती हुई जब तक वह सीधे उसके सामने खड़ी न हो। उसने उसकी नारंगी जैकेट को दोनों हाथों से थामा, उसे पीछे हटने नहीं दिया। **"मुझे पता है, कबीर। और मैं उसे तुमसे चुराने नहीं दूँगी। दोबारा नहीं।"**

"कैसे?" कबीर ने पूछा, उसकी आवाज़ निराशा से भर गई। **"तुम एक डिज़ाइनर हो एक ऐसी मशीन के ख़िलाफ़ जो एक सेकंड में करोड़ों हिसाब लगाती है। अगर मैं कल कोई आर्डर छोड़ूँ तो स्कोर गिरेगा। अगर आर्डर लूँ और जाम में फँसूँ तो स्कोर गिरेगा। घर हमेशा जीतता है, तारा।"**

"नहीं," तारा की भूरी आँखों में एक अचानक, बेखौफ़ दृढ़ता चमकी। **"अगर घर को अंदर से ही लॉक कर दिया जाए।"**

वह पलटी, कबीर की कलाई पकड़ी और उसे सीधे अपनी स्टडी में खींच ले गई।

✦ ✦ ✦

"दरवाज़ा लॉक करो," तारा ने आदेश देते हुए अपनी कुर्सी पर लैपटॉप के सामने गिरी और एक बटन दबाकर दोनों स्क्रीन को एक शानदार रोशनी से जगाया।

उसके कंप्यूटर की घड़ी में था — **01:55 AM**।

कबीर ने स्टडी के दरवाज़े की सिटकनी घुमाई, चौखट के सहारे झुकते हुए उसे देखता रहा जैसे उसकी उँगलियाँ कीबोर्ड पर एक तेज़ रफ़्तार से चलने लगीं।

"क्या कर रही हो?" उसने स्क्रीन पर चलते कोड और सिस्टम की तेज़ पंक्तियाँ देखते हुए पूछा।

"मैं सेंटिनल सिस्टम की मुख्य डिज़ाइनर हूँ," तारा ने बिना ऊपर देखे कहा, उसकी आवाज़ तेज़ और इरादे से भरी हुई। **"विक्रम सोचता है कि चूँकि उसने अंदरूनी कोड में छेड़छाड़ की है, इसलिए उसका कोड बाहर स्क्रीन पर दिखता नहीं। पर हर आदेश को अभी भी मुख्य सुरक्षा सिस्टम से गुज़रना पड़ता है — जो मैंने बनाया है।"**

उसने लैपटॉप पर एक नई कमांड स्क्रीन खोली और अपने मुख्य पासवर्ड से लॉग इन किया:

```
=================================================================
========
सिस्टम चेतावनी: मुख्य डेटाबेस तक पहुँच। सुरक्षा रेकॉर्ड दर्ज।
=================================================================
========
```

"मैं राइडर आईडी 88492 के चारों तरफ़ एक मजबूत सुरक्षा कवच बना रही हूँ। मैं तुम्हारी प्रोफाइल में एक खास कोड डाल रही हूँ : सुरक्षा कवच ऑन। जब भी विक्रम का कोड तुम्हें कोई मुश्किल और देरी वाला आर्डर देने की कोशिश करेगा, मेरा सिस्टम उसे बीच में ही रोक लेगा, तुम्हारी लोकेशन सुरक्षित दिखाएगा, और तुम्हारा हसल स्कोर (मेहनत का आँकड़ा) एक पक्के 4.85 पर लॉक कर देगा — जब तक दीवाली का बोनस आधी रात को पक्का न हो जाए!"

कबीर ने चमकती स्क्रीन को देखा, उसका दिल पसलियों से टकरा रहा था। **"तारा... अगर उनके सुरक्षा सिस्टम ने तुम्हें तुम्हारे फ्लैट के पते से यह करते पकड़ा, तो वे सिर्फ़ तुम्हें नौकरी से नहीं निकालेंगे। कंपनी के वकील आईटी एक्ट के तहत तुम पर साइबर अपराध का केस करेंगे! तुम जेल जा सकती हो!"**

"देखते हैं वे क्या करते हैं," तारा ने बेख़ौफ़ होकर कहा, उसके चेहरे पर एक जीत और हौसले की मुस्कान खिली। **"मैंने तीन साल इन लालची अफसरों के लिए सुनहरे डिजिटल पिंजरे बनाए जबकि मेरा अपना दिल राख होता रहा। हौज खास की मेरी पहली बेकरी मर गई — क्योंकि इन्हीं मशीनों ने मेरे धंधे**

को तबाह किया जब तक मैं दुकान का किराया नहीं दे सकी। एक बार मैंने उन्हें मेरा सपना तोड़ने दिया, कबीर। दोबारा नहीं।"

घड़ी **01:59 AM** पर टिकी।

उसने आखिरी कमांड टाइप की:

```
==================================================================
कमांड: सुरक्षा कवच #88492 लागू करें (फोर्स अप्लाई)
==================================================================
```

उसने एंटर बटन पर अपनी उँगली उठाई, कंधे के ऊपर से कबीर को देखा। **"तैयार हो, रॉकेट कमांडर?"**

कबीर ने मुस्कुराया — एक गर्व उसके ख़ून में दौड़ गया। वह उसकी कुर्सी के पीछे आया, अपना खुरदरा दाहिना हाथ उसके हाथ पर मजबूती से रखा — उनकी जुड़ी हुई उँगलियाँ एक साथ बटन पर दबाते हुए।

क्लिक।

तीन सेकंड के लिए, स्क्रीन हरे रंग के शांतिपूर्ण संदेश से जगमगाई:

==
[सफल] सुरक्षा कवच #88492 सफलतापूर्वक लागू किया गया।
[स्टेटस] राइडर आईडी 88492 हसल स्कोर 4.85 पर लॉक।
₹50,000 दीवाली बोनस सुरक्षित।
==

कबीर के गले से खुशी की एक गूँज निकली, उसके कंधे दबाए। **"कर दिया! बॉस, तुमने सचमुच मशीन को हरा दिया!"**

तारा ने अपनी कुर्सी घुमाई, उसका चेहरा राहत और खुशी से दमक रहा था। बिना सोचे, कबीर उसके करीब आया, उसके हाथ उसके कंधों से उसके चेहरे के पास आए। एक साँस रोक देने वाले पल के लिए, दुनिया पूरी तरह उनके बीच की जगह तक सिमट गई। बारिश, केसर और लैवेंडर की खुशबू हवा में तैरती रही। तारा आगे झुकी, उसकी आँखें बंद होती हुईं —

बीप-बीप-बीप-बीप-बीप!

तारा के कंप्यूटर के स्पीकर से एक कान फोड़ देने वाला ख़तरे का सायरन फट पड़ा।

तुरंत, उसकी स्क्रीन पर हरा संदेश ख़त्म हो गया। स्क्रीन ने एक भयानक लाल रंग धारण किया जिसने उनके चेहरों पर ख़ून जैसी परछाइयाँ डालीं।

तारा ने साँस खींची, अपने लैपटॉप पर पलटी। उसकी उँगलियाँ कीबोर्ड पर पटकीं, पर कंप्यूटर पूरी तरह लॉक था। एक बड़े चेतावनी बॉक्स ने स्क्रीन को बंद कर दिया:

```
==========================================================
🚨 सुरक्षा सायरन // सेंटिनल v5.08 अपने-आप जवाबी कार्रवाई 🚨
==========================================================
[पकड़ा गया] अवैध लोकेशन बदलाव और सिस्टम से छेड़छाड़
[समय] रात 01:59 बजे
[स्थान] फ्लैट 2402, आर्किड हाइट्स, टावर बी, गुड़गाँव
[खाता] TS-204 (तारा शर्मा — मुख्य डिज़ाइनर)
----------------------------------------------------------
> सिस्टम की जाँच में पाया गया:
  राइडर आईडी #88492 के टिफ़िन रिले (रात 01:34 बजे) के दौरान
  लोकेशन में बदलाव सीधे तौर पर मुख्य डिज़ाइनर TS-204 द्वारा
  सिस्टम में की गई अवैध छेड़छाड़ से मेल खाता है।
----------------------------------------------------------
> अपने-आप की गई कार्रवाई:
  1. मुख्य डिज़ाइनर खाता TS-204 [रद्द और लॉक]।
  2. उच्च ख़तरे की चेतावनी → क्षेत्रीय मुख्य अफ़सर को भेजी गई।
  3. राइडर आईडी #88492 का खाता [तुरंत डिलीट करने के लिए चिन्हित]।
==========================================================
```

"नहीं! नहीं, नहीं, नहीं!" तारा चिल्लाई। **"सेंटिनल मशीन ने... उसने सिर्फ़ बदलाव दर्ज नहीं किया! उसने मेरे लैपटॉप के समय को सेक्टर 44 सब्ज़ी मंडी वाले टिफ़िन रिले की लोकेशन से जोड़ लिया! उसने हमारा तरीका अपने-आप सीख लिया!"**

कबीर का पुराना फ़ोन — जो बाहर मेज़ पर रखा था — एक भयानक कंपन के साथ बजने लगा।

कबीर स्टडी से निकला, फ़ोन झपटा।

स्क्रीन राख जैसी ख़ाक हो चुकी थी, एक लाल चेतावनी के पीछे लॉक:

```
==================================================
⚠ ज़ैप-इट मुख्य दफ़्तर // बर्खास्तगी नोटिस (राइडर #88492) ⚠
==================================================
स्टेटस: धोखाधड़ी की जाँच के चलते खाता निलंबित
कारण: दीवाली बोनस हड़पने के लिए कंपनी के कर्मचारी से मिलीभगत।
--------------------------------------------------
> आपकी सारी बकाया कमाई और ₹50,000 बोनस: [ज़ब्त]।
> सिस्टम की कार्रवाई:
  राइडर खाता हमेशा के लिए ब्लैकलिस्ट (रद्द) किया गया।
  आपकी पहचान पूरे दिल्ली-एनसीआर के नेटवर्क से बाहर कर दी गई है।
==================================================
```

✦ ✦ ✦

ठीक उसी क्षण — रात 01:59 बजे — बीच के बगीचे के उस पार **टावर सी के क्लब हाउस** में, विक्रम सिंघानिया ताश की मेज़ पर पचास हज़ार रुपये के दाँव की तरफ़ हाथ बढ़ा रहा था जब उसका चमचमाता आईपैड एक तेज़ सायरन से गूँज उठा।

ताश की मेज़ पर साँसें रुक गईं। बड़े-बड़े व्यापारियों और बिल्डरों ने सिर घुमाए जब विक्रम की स्क्रीन लाल रंग से चमकी:

==
[सुरक्षा चेतावनी // सिस्टम में अवैध छेड़छाड़ पकड़ी गई]
[स्थान: टावर बी, फ्लैट 2402 // खाता: मुख्य डिज़ाइनर TS-204]
[लक्ष्य: राइडर #88492 // सुरक्षा कवच लागू किया गया]
==

विक्रम ने चेतावनी को घूरा। उसके जबड़े ठंडे गुस्से से सख़्त हुए। उसने शराब का गिलास मेज़ पर एक तेज़ आवाज़ के साथ रखा।

"तारा शर्मा," विक्रम ने साँस के साथ धीरे से फुसफुसाया। **"तू ग़द्दार।"**

उसने क्लब हाउस की खिड़कियों से बाहर देखा। बारिश से धुले बगीचे के उस पार, टावर बी की चौबीसवीं मंज़िल पर फ्लैट 2402 की खिड़कियाँ तूफ़ान के बीच जगमगा रही थीं। बस दो सौ मीटर दूर।

उसे सेक्टर 44 से पुलिस भेजने की ज़रूरत नहीं थी। वह पहले से ही किले के भीतर था।

"सज्जनों, मेरा खेल यहीं रोकिए," विक्रम ने ठंडे स्वर में एलान किया, ताश की मेज़ से उठते हुए अपने हीरों के बटन सीधे करते हुए। **"लगता है मेरी एक मुख्य डिज़ाइनर ने हमारी बिल्डिंग में ब्लैकलिस्ट डिलीवरी राइडरों के लिए खैरात का अड्डा खोलने का फ़ैसला कर लिया है।"**

वह सैलून से बाहर निकला — उसका इटली का रेशमी सूट अकड़ से लहराता हुआ। टावर सी की लॉबी में, उसने आर्किड हाइट्स के सुरक्षा प्रमुख की तरफ़

उँगली चटकाई — एक ऊँचे-लंबे पूर्व फ़ौजी सूबेदार, सिंह, जो दो हट्टे-कट्टे गार्डों के साथ डंडे लिए खड़े थे।

"सिंह! मेरे साथ," विक्रम ने अक्टूबर की बारिश में काँच के दरवाज़ों से सीधे बाहर मार्च करते हुए दहाड़ा। **"टावर बी, 24वीं मंज़िल। एक चोरी पकड़ी गई है।"**

चूँकि विक्रम पहले से ही उसी हाई-सिक्योरिटी सोसाइटी के भीतर था — बीच का बगीचा पार करना और टावर बी की लिफ़्ट में अपना वीआईपी कार्ड लगाने में **सौ बीस सेकंड से भी कम** लगे।

✦ ✦ ✦

फ्लैट 2402 के भीतर, कबीर हॉल के बीच में अपनी काँपती हथेली में मरा हुआ, राख जैसा फ़ोन थामे खड़ा था। तारा स्टडी से दौड़ती हुई आई, उसका चेहरा दरवाज़े से बिखरती लाल रोशनी में हड्डी जैसा सफ़ेद था।

उसने उसकी बाँह थामी, उसकी साँसें उथली और तेज़। **"कबीर... उन्होंने सब लॉक कर लिया। बोनस ले लिया। हमें यूनियन को फ़ोन करना होगा —"**

कबीर जवाब देता उससे पहले, गलियारे में लिफ़्ट की भारी घंटी ने एक ठंडी आवाज़ से बजाया :

डिंग।

चमचमाते पत्थर के गलियारे में भारी, तेज़ क़दमों की गूँज। इससे पहले कि तारा ताले तक पहुँचती, उसका सामने का दरवाज़ा — जिसे कबीर ने जल्दी में खुला छोड़ दिया था — ज़ोर से धकेला गया।

निकल कर आया एरिया मैनेजर विक्रम सिंघानिया — उसका इटली का रेशमी सूट बगीचा पार करते हुए बारिश की नमी से गहरा हुआ, हीरों के बटन चाकुओं की तरह चमकते हुए। उसके पीछे खड़े थे सूबेदार सिंह और दो सिक्योरिटी गार्ड — डंडे निकाले हुए।

विक्रम लैवेंडर की खुशबू वाले हॉल में क़दम रखा। उसकी ठंडी आँखें मेज़ पर भाप उठाते टिफ़िन से कबीर की कीचड़-सनी नारंगी जैकेट तक और फिर तारा के काँपते हाथों तक गईं।

"कहीं जा रहे हो, राइडर 88492?" विक्रम ने अपनी जेब से रेशमी रुमाल निकाल अपने कोट से बारिश की एक बूँद पोंछते हुए ताना मारा। **"या कहूँ... हमेशा के लिए नौकरी से निकाले गए, ब्लैकलिस्ट राइडर?"**

कबीर तुरंत तारा के सामने आ गया, उसके कंधे चौड़े होकर उसे विक्रम से ढालते हुए। **"पीछे रहो, तारा। अपने कमरे में जाओ। इस आदमी को मैं संभालूँगा।"**

विक्रम रुका। कबीर के खड़े होने के अंदाज़ को घूरा — फिर एक क्रूर हँसी फट पड़ी जो चौबीसवीं मंज़िल की ठंडी दीवारों से गूँज उठी।

"संभालेगा मुझे? उसकी हिफ़ाज़त करेगा?" विक्रम ने अपनी आँख से हँसी का एक आँसू पोंछा, अचरज में सिर हिलाते हुए। **"क्या तुम बिल्कुल अनपढ़ हो, डिलीवरी बॉय? जानते हो किसका हाथ पकड़े हुए हो?"**

कबीर ने माथे पर बल डाले, जबड़ा हेलमेट के पट्टे के नीचे सख़्त हुआ। **"क्या मतलब है तुम्हारा?"**

विक्रम ने एक उँगली सीधे तारा की तरफ़ उठाई — जिसका चेहरा ख़ून की हर बूँद से सफ़ेद हो गया था।

"बता इसे, तारा," विक्रम ने ज़हरीली आवाज़ में कहा, कमरे में एक क़दम रखते हुए। **"बता इसे किसका पासवर्ड अभी तुम्हारी गड़बड़ी छुपाने की कोशिश कर रहा था। बताओ! बता इसे कौन कंपनी की सबसे बड़ी डिज़ाइन कमेटी में बैठती है! बता इसे किसने उस ठीक नौ मिनट की समय-सीमा को सोचा, डिज़ाइन किया, और कोडिंग की — और अपने-आप नंबर काटने वाली मशीन भी बनाई!"**

विक्रम ने कबीर की आँखों में देखा, उसकी आवाज़ एक ज़हरीली जीत से गूँज उठी।

"तुम्हारी प्यारी तारा कोई बेचारी लड़की नहीं है, कबीर। यह सेंटिनल सिस्टम की मुख्य डिज़ाइनर है। जिस मशीन ने तुम्हें रात भर सड़कों पर दौड़ाया, जिस नियम ने तुम्हारा पचास हज़ार का बोनस छीना, और जिस उल्टी घड़ी ने दो साल पहले सिकंदरपुर फ्लाईओवर पर आरिफ़ को मौत के मुँह में धकेला — वो सब इसी के हाथों ने बनाया है!"

कमरे में ऐसा सन्नाटा छा गया जैसे साँस रुक गई हो।

कबीर ने धीरे से अपना सिर मोड़ा। उसकी आँखें — जो कुछ पल पहले प्यार और हौसले से चमक रही थीं — अब तारा के सफ़ेद चेहरे पर टिकी थीं। उनमें कोई गुस्सा नहीं था। बस एक गहरा, टूटता हुआ सन्नाटा था।

"क्या यह सच है, तारा?" उसकी आवाज़ इतनी धीमी थी कि खिड़की पर पड़ती बारिश के शोर में मुश्किल से सुनाई दी। **"जिस उल्टी घड़ी ने आरिफ़ की जान ली... वो तुमने बनाई थी?"**

तारा के गालों पर आँसू बह निकले। वह काँपते हुए एक क़दम आगे बढ़ी, हाथ जोड़कर। **"कबीर, मेरी बात सुनो! जब मैंने तीन साल पहले कंपनी ज्वाइन की थी, तब वो सिर्फ़ कंप्यूटर स्क्रीन पर काग़ज़ी नक़्शे और डिज़ाइन थे! मैं एसी वाले कमरे में बैठी थी! मुझे नहीं पता था स्क्रीन के दूसरी तरफ़ कौन है! मुझे नहीं पता था कि उसकी वजह से दो साल पहले आरिफ़ की जान चली जाएगी! पर आज रात — जब मैं तुमसे मिली, जब मैंने वो खाना चखा, जब मैंने मेहर को देखा — मैंने अपने मेन कंप्यूटर पर सब कुछ दाँव पर लगाकर सिस्टम को बदला और तुम्हें बचाने की कोशिश की! प्लीज़, मुझ पर भरोसा करो!"**

कबीर चुप रहा। वह औरत जिसने उसकी गर्म कॉफ़ी शेयर की थी... जिसके साथ वह हँसा था... जिसे उसने फ़ोन पर पाँच साल की मेहर से मिलवाया था... वह उस बेदर्द मशीन की असली डिज़ाइनर थी। उसने वही दिमाग़ पर वार करने वाली उल्टी घड़ी बनाई थी जिसने उन्नीस साल के आरिफ़ को सिकंदरपुर फ्लाईओवर के ठंडे पत्थर पर मार डाला था — जिसने ताऊ रहीम को टूटे हुए आदमियों के लिए आधी रात का लंगर पकाने पर मजबूर किया था। उसके बनाए नियम ने उसकी उँगलियाँ छील दी थीं, उसकी जवानी निचोड़ ली थी, और उसकी भतीजी को ग़रीबी के किनारे पर रोक रखा था।

उसने धीरे से अपनी नारंगी जैकेट की ज़िप ठीक की। अपने भारी, खरोंचे हुए हेलमेट को हाथ में उठाया।

"हमें तुम्हारी दया की ज़रूरत नहीं," कबीर ने बिना पीछे देखे, एक खोखली आवाज़ में कहा। **"और तुम्हारे बनाए कोड की तो बिल्कुल नहीं।"**

वह पलटा। सूबेदार सिंह और गार्डों के बीच से, बिना सिर झुकाए, चौबीसवीं मंज़िल के उस ठंडे संगमरमर से बाहर निकल गया — एक ऐसे स्वाभिमान के साथ जिसे कोई भी कंपनी, कोई भी अफ़सर, और कोई भी मशीन कभी नहीं ख़रीद सकती थी।

✦ ✦ ✦

— अध्याय समाप्त —

✦ ✦ ✦

अध्याय ४ : माँ की संस्कृति

(मदर कल्चर)

दीवाली की शाम ठीक छः बजे दिल्ली-एनसीआर के आकाश में कुछ ऐसा हुआ जो किसी ने सोचा न था — जैसे किसी ने चमचमाते काँच की एक विशाल चादर पर लोहे का हथौड़ा जड़ दिया हो। बिना किसी चेतावनी के, बिना एक पल की मोहलत दिए, एक बेमौसम, कयामती बादल-फट पूरे महानगर पर टूट पड़ा। तीन हफ़्तों की जमा हुई बारिश ने बीस मिनट में कंक्रीट के इस विशाल कटोरे को भर दिया। नेशनल हाइवे की सोलह लेन पर हज़ारों गाड़ियों की लाल बत्तियाँ जल उठीं — जैसे साइबर हब के काँच के दैत्याकार बुर्जों के नीचे ख़ून का एक बहता हुआ दरिया जम गया हो। और नीचे — सर्विस रोड पर, धँसे हुए अंडरपास में — गंदला तूफ़ानी पानी पत्थर की पटरियाँ फाँद कर घुटनों तक चढ़ आया था, जो जल्द ही कमर तक पहुँचने वाला था।

इसी तूफ़ान में कट रहा था एक इंसान — कबीर चोपड़ा। राइडर आईडी 88492।

वह झुका हुआ था अपनी दस साल पुरानी हीरो स्प्लेंडर के काँपते हैंडलबार पर। सस्ता बरसाती कोट उसकी पसलियों से लड़ रहा था — टूटी पतंग की तरह। पिछली सीट पर बँधा नारंगी रंग का गर्म झोला झटकों से लड़खड़ाता था। उसके पुराने चमड़े के जूते सड़क पर बहती मटमैली, तेल-मिश्रित गंदगी में पूरी तरह डूब चुके थे। शंकर चौक के पास जब साइलेंसर डूबने लगा, तो उसने रेस बढ़ाई — और इंजन से एक जिद्दी, रूठी हुई आवाज़ निकली, जैसे वह भी कह रहा हो: *"यार, बहुत हो गया।"*

अड़तालीस घंटे पहले धनतेरस की रात आर्किड हाइट्स की चौबीसवीं मंज़िल के गलियारे में जो तूफ़ान उठा था — जब एरिया मैनेजर विक्रम ने तारा शर्मा को

समय-सीमा बनाने वाली मुख्य डिज़ाइनर साबित कर दिया था, और सेंटिनल सिस्टम ने कबीर का खाता चेकिंग के नाम पर बंद कर दिया था — उसके बाद से कबीर किसी जुनूनी आदमी की तरह लड़ता रहा था। कंपनी के गोदाम पर यूनियन की हड़ताल, जीपीएस कैमरे के सबूत, और तेज़ गाड़ी चलाने का झूठा आरोप हटवाने की जद्दोजहद — सब कुछ किया। खाता खुला तो, मगर कड़ी चेकिंग पर। हसल स्कोर (मेहनत का आँकड़ा) एक टूटे पंख की तरह नीचे गिरा था। पचास हज़ार रुपए का दीवाली मेगा-बोनस एक कच्चे धागे पर झूल रहा था।

ताऊ रहीम के फरेबी रास्ते नहीं, फ़ातिमा चाची के गर्म रसोई वाले पड़ाव नहीं — सिर्फ कबीर और उसकी स्प्लेंडर, अठारह-अठारह घंटे की शिफ्ट, दीवाली से पहले के धुएँ और कोहरे में। तब जाकर हसल स्कोर उस 4.68 की खाई से निकल कर ज़रूरी सीमा तक पहुँचा था।

और आज — दीवाली की इस बरसाती शाम — उसने उनचास डिलीवरी पूरी कर ली थीं। बस एक और। सिर्फ एक।

पाँच साल की मेहर की सेंट मैरी स्कूल की एडमिशन फ़ीस बस एक डिलीवरी दूर थी।

शंकर चौक के फ्लाईओवर की कंक्रीट छत के नीचे आधा दर्जन भीगे राइडर जमे थे — फ़ोन की स्क्रीन से कीचड़ पोंछ रहे थे, इस उम्मीद में कि सिग्नल मिले। कबीर ने ब्रेक दबाया, बूट नाले में धँसे, तो एक हरे बैग वाले ऐप का राइडर चिल्लाया —

"अरे कबीर भैया! दिमाग़ ख़राब है क्या? इंजन में पानी भर जाएगा यार! ऐप बंद करो अभी, पूरी दिल्ली डूब रही है!"

कबीर ने हेलमेट के शीशे पर से पानी और ग्रीस की एक धार पोंछी। दाँत किटकिटाते हुए भी उसके होंठों पर एक टेढ़ी मुस्कान थी।

"सोनू भाई, कोई चांस नहीं! अड़तालीस घंटे उनके नियमों से चला सिर्फ चेकिंग क्लियर करने के लिए! उनचास डिलीवरी हो गई, बॉस! बस एक और — एक पक्की डिलीवरी — और पचास हज़ार का बोनस खाते में। मेहर की सेंट मैरी स्कूल की फ़ीस रुकी है यार। अब रुका तो पूरे साल की मेहनत बह जाएगी!"

"भाई, इन विदेशी कंपनियों को क्या परवाह है तेरे डूबने-तैरने की?" सोनू ने काँपती उँगली स्क्रीन पर टिकाते हुए कहा। **"देख इनका खेल! ये हमसे जुगाड़ करवाते हैं — ज़िंदगी का जुगाड़ — गर्म समोसे और मिठाई के डिब्बों के लिए!"**

"खेलने दो उन्हें अपना खेल," कबीर ने पहले गियर में डालते हुए कहा, गियर की खड़खड़ाहट बारिश की आवाज़ में गुम हो गई। **"आज इंद्र देव चाहे यमुना को कनॉट प्लेस से होकर बहा दें — तेरा भाई डिलीवरी करेगा!"**

फ्लाईओवर की आड़ से निकलते ही बारिश ने उसे फिर पकड़ लिया। बहादुरी के शब्द हवा में घुल गए — और उनकी जगह ली एक ख़ामोश, गहरी थकान ने, जो हड्डियों तक उतर चुकी थी।

बिजली की एक तेज़ चमक ने गुड़गाँव के चमचमाते काँच के टावरों को एक पल के लिए रोशन कर दिया — ठंडे, ऊँचे किले, जहाँ लोग दोहरी परत वाले मोटे शीशों के पीछे बैठे थे, दुनिया से बेपरवाह। और यहाँ नीचे — तूफ़ान की हवा में पहली बारिश की मिट्टी की खुशबू थी, धुएँ और तेल के जलने की गंध थी, और बिजली की उस तीखी महक थी जो बारिश से पहले हवा में आती है।

उसके सूती मोज़ों में ठंडा पानी भर आया था। पाँव सुन्न हो रहे थे। मगर भीतर — उसकी पसलियों के पीछे — एक अजीब, जिद्दी सुकून था।

ऐसा क्यों लगता है कि ज़िंदगी हमेशा रिज़र्व पर चलती है? स्प्लेंडर का हर चक्कर एक प्रार्थना थी — गुरुत्व के ख़िलाफ़, उस मशीनी दुनिया के ख़िलाफ़ जो इंसान का पसीना निचोड़ती है और सिर्फ अपने आँकड़े उगलती है। उसकी छाती में अपने दिल की धड़कन महसूस हुई — गर्म, जिद्दी, जीवित। एक पल के लिए — आसमान और डूबती ज़मीन के बीच — बारिश ने शहर की सारी गंदगी धो दी। बचा रहा सिर्फ वह — एक छब्बीस साल का लड़का, जो एक पाँच साल की बच्ची के लिए थोड़ी सी इज़्ज़त ख़रीदने की कोशिश में पूरी उम्र लगा रहा था।

तभी एक तेज़ सुरीली घंटी ने तूफ़ान को चीर दिया। कबीर के फ़ोन की स्क्रीन जल उठी — सफ़ेद और लाल रंग में, आँखें चुँधियाने वाली।

✦ ✦ ✦

```
==================================================
⚠ [ख़तरे की चेतावनी: भीषण तूफ़ान और सर्ज — लेवल 5 चालू!] ⚠
==================================================
🔴 भारी माँग: कनॉट प्लेस / सेंट्रल ज़ोन
⚡ डिलीवरी कमाई: 400% (4 गुना ज़्यादा) | नियम: वीआईपी एक्सप्रेस
📈 मेहनत का आँकड़ा: 49 / 50 डिलीवरी पूरी
आख़िरी लक्ष्य — ₹50,000 मेगा-बोनस पाने के लिए बस 1 डिलीवरी बाकी!
--------------------------------------------------
```

👉 नया आर्डर #ZP-5000: पुरानी मशहूर बेकरी से विशेष आर्डर।
📍 कहाँ से लेना है: डिसूज़ा हेरिटेज बेकरी, कनॉट प्लेस (आउटर सर्कल)।
📍 कहाँ पहुँचाना है: सिंघानिया वीआईपी फ़ार्महाउस, छतरपुर (दक्षिण दिल्ली)।

⚠ ज़रूरी चेतावनी: राइडर आईडी #88492 — आर्डर में कोई भी देरी
या सामान को नुक़सान होने पर आपका हसल स्कोर अपने-आप काट लिया जाएगा
(-0.5) और ₹50,000 का पूरा दीवाली बोनस रद्द कर दिया जाएगा। तुरंत निकलें!
==

✦ ✦ ✦

कबीर चमकते अंकों को देखता रहा। आर्डर नंबर पचास। आख़िरी पहाड़। कनॉट प्लेस से दक्षिण दिल्ली — तूफ़ानी बारिश के बिल्कुल बीच में।

उसने हैंडलबार कसकर थामा। भीगे चमड़े के दस्तानों में उँगलियाँ सफ़ेद पड़ गईं। और उसने बाइक को उत्तर की तरफ — महरौली-गुड़गाँव एक्सप्रेसवे की तरफ — मोड़ दिया, सीधे तूफ़ान के मुँह में।

✦ ✦ ✦

पैंतीस मिनट बाद, उसकी खटारा स्प्लेंडर कनॉट प्लेस के आउटर सर्कल की सफ़ेद अंग्रेज़ी मेहराबों के नीचे — **डिसूज़ा हेरिटेज बेकरी** के सामने — पत्थर की पटरी पर चढ़ गई।

सन् 1928 में बनी यह बेकरी दिल्ली की एक विरासत थी। विश्वयुद्ध देखे, बँटवारा देखा, दस मिनट वाले डार्क स्टोर का उदय देखा — मगर इसकी दीवारें न हिलीं। बारिश की मार के बावजूद, पीतल की कील-जड़ित दरवाज़ों की दरारों से बाहर तक आ रही थी ताज़ी बेकिंग की वह गंध — जायफल, दालचीनी, और खमीर वाली ब्रेड की खट्टी-मीठी खुशबू। एक ऐसी खुशबू जो दुनिया की तमाम मशीनों के हिसाब से बाहर है।

कबीर ने बाइक खड़ी की — एड़ी तक पानी में — जैकेट उतारी, भारी लकड़ी का दरवाज़ा धकेला। ऊपर पीतल की घंटी बोल उठी।

अंदर था एक अलग ही संसार — चमचमाता पीतल, संगमरमर का फ़र्श, बादाम की बिस्कुटियों से भरे काँच के मर्तबान। मगर काउंटर के पीछे हड़बड़ाहट थी।

बुज़ुर्ग मिस्टर अलॉयसियस डिसूज़ा — बहत्तर साल के एक एंग्लो-इंडियन उस्ताद बेकर, चाँदी जैसे कम बाल, चश्मा, आटे की धूल से सजा एप्रन — काउंटर के पीछे टहल रहे थे। झुर्रियों भरे हाथ एक-दूसरे को मसल रहे थे। जब उन्होंने देखा कि नारंगी ज़ैप-इट यूनिफॉर्म में एक भीगा हुआ इंसान उनके फ़र्श पर पानी टपकाता हुआ दाखिल हो रहा है, तो वे दौड़ कर आगे आए — आँखों में एक आतुर, निराश उम्मीद।

"क्या आप राइडर 88492 हैं? कबीर?"

"हाँ सर। कबीर चोपड़ा।" उसने माथे से कीचड़ पोंछा और फ़ोन दिखाया। **"आर्डर ZP-5000। छतरपुर के लिए पिकअप।"**

मिस्टर डिसूज़ा ने फ़ोन की तरफ नहीं देखा। उन्होंने काँपते, श्रद्धापूर्ण हाथों से काउंटर से एक भारी बेलनाकार चीज़ उठाई और आगे बढ़ा दी।

वह एक मोटी दीवार वाला काँच का मर्तबान था — पीतल के ढक्कन से कसकर बंद, और तीन परत के पानी रोकने वाले गर्म कंपड़े में सावधानी से लिपटा हुआ।

"बेटे, मेरी बात ध्यान से सुनो," मिस्टर डिसूज़ा ने कहा। चश्मा उनकी अपनी साँसों से धुँधला हो रहा था। **"इस मर्तबान में न रोटी है, न पेस्ट्री। इसमें मेरी बेकरी की तीस साल पुरानी खमीर वाली मदर कल्चर है। तीस साल की रोज़ाना देखभाल, कबीर! तीस साल का दिल्ली का असली खमीर, शुद्ध अनाज, और पवित्र मेहनत। यह डिसूज़ा हेरिटेज बेकरी की साँस है — जीती-जागती।"**

कबीर ने मर्तबान लेते हुए उसका वज़न महसूस किया। और उसकी हथेलियों में एक हल्की, जीवित गर्माहट — जैसे किसी के हाथ का स्पर्श।

"खमीर वाली कल्चर, सर?"

"हाँ! मेरी अनमोल मदर कल्चर!" मिस्टर डिसूज़ा की आवाज़ घुट रही थी। **"आज रात छतरपुर के सिंघानिया फ़ार्महाउस में वीआईपी दीवाली की दावत है। तीन सौ मंत्री, विदेशी मेहमान, और बड़ी कंपनियों के मालिक। छह महीने पहले उन्होंने हमें कांट्रैक्ट दिया था — हमारी खास खमीर वाली ब्रेड ताज़ी बेक करने का। हमारा मुख्य बेकर वहाँ तंदूर के सामने खड़ा है — मगर बिना इस स्टार्टर के वह एक भी ब्रेड नहीं बना सकता! यह मर्तबान लाखों के कांट्रैक्ट की क़ीमत है — और हमारी नब्बे साल की इज़्ज़त।"**

बुज़ुर्ग बेकर ने उसके भीगे कंधे पर एक काँपता हाथ रखा।

"अगर यह कल्चर आधी रात की दावत से पहले नहीं पहुँची — या अगर इस पीतल की सील में एक बूँद भी ज़हरीला बाढ़ का पानी घुस गया और खमीर

मर गया — तो मेरी बेकरी सिंघानिया का कांट्रैक्ट हार जाएगी। भारी जुर्माना लगेगा। और कनॉट प्लेस में छियानबे साल बाद — डिसूज़ा हेरिटेज बेकरी बंद हो जाएगी।"

कबीर ने अपने ऐप की लाल चेतावनी याद की। **"सर, मेरा ऐप कह रहा है — अगर आर्डर में देरी हुई या सामान को नुक़सान हुआ, तो ज़ैप-इट मेरा पूरा पचास हज़ार का दीवाली बोनस काट लेगा।"**

"वे दोनों तरफ से काटेंगे!" मिस्टर डिसूज़ा तड़पकर बोले। **"इन विदेशी कंपनियों ने पुरानी दुकानों और राइडरों — दोनों पर जुर्माने की कड़ी शर्तें लाद दी हैं! अगर आज रात मेरा खमीर बाढ़ में मरा, तो ज़ैप-इट का सिस्टम वीआईपी क्लेम चुकाने के लिए तुम्हारा पूरा बोनस मिटा देगा! तुम्हारी भतीजी की फ़ीस जाएगी — और मेरे दादाजी की बेकरी भी।"**

एक सिहरन कबीर की रीढ़ से उतरी — बर्फ़ीले एसी की नहीं, उस ज़िम्मेदारी के एहसास की सिहरन जो अभी उसकी हथेलियों में आ बैठी थी।

यह कोई ठंडा पिज़्ज़ा या चाउमीन का डिब्बा नहीं था। यह था — तीस साल का धैर्य। एक जीवित, साँस लेता हुआ चमत्कार। एक बूढ़े इंसान का सब-कुछ। और छोटी मेहर का भविष्य।

"डिसूज़ा सर, चिंता मत करिए।"

कबीर की आवाज़ धीमी थी — मगर उसमें चट्टान जैसी दृढ़ता थी।

उसने अपनी बरसाती जैकेट की ज़िप थोड़ी खोली। गर्म कपड़े में लिपटे मर्तबान को उसने सावधानी से अपने सीने से लगाया — बाईं जेब के ऊपर, जहाँ उसका

अपना दिल धड़क रहा था — और ज़िप गले तक बंद कर दी। कल्चर तूफ़ान से दूर, उसके सीने की गर्मी में बंद हो गई।

"दिल्ली दस फुट पानी में डूब जाए, डिसूज़ा सर — आपकी मदर कल्चर छतरपुर ज़िंदा पहुँचेगी।"

मिस्टर डिसूज़ा के हाथ आपस में जुड़ गए — आँखें भर आईं। **"बेटे, भगवान तुम्हारे साथ रहे। सुरक्षित जाओ।"**

कबीर पलटा, भारी दरवाज़ा धकेला — और वापस उस रात के तूफ़ान में उतर गया।

✦ ✦ ✦

गुड़गाँव की चौबीसवीं मंज़िल पर — साइबर हाइट्स के आवाज़-बंद ज़ैप-इट कंट्रोल रूम में — तारा शर्मा अपने तीन स्क्रीन वाले कंप्यूटर पर झुकी हुई थी।

बाहर बारिश मोटे शीशों से टकरा रही थी। शहर की चमकीली रोशनियाँ पानी में धुलकर केसरिया और लाल धाराओं में बह रही थीं। अंदर ठंडे अठारह डिग्री का एसी गुनगुना रहा था। तारा मॉनिटर कर रही थी सेंटिनल सिस्टम के लाइव आँकड़े — वह अपने-आप रास्ता बताने वाली मशीन, जिसे उसने तीन साल में तराशा था।

धनतेरस की रात उस बहस के बाद सेंटिनल सिस्टम ने उसका मेन पासवर्ड रद्द कर दिया था। एरिया मैनेजर विक्रम ने उसे एचआर की कड़ी जाँच में डाल दिया था। पिछले अड़तालीस घंटों से वह उस अपने-आप सीखने वाली मशीन को

बिना किसी छेड़छाड़ के चलते देख रही थी — जैसे कोई अपनी ही उँगलियों की परछाईं देखे और उन्हें रोक न पाए।

हज़ारों नारंगी निशान — डिलीवरी राइडर — दिल्ली-एनसीआर के स्क्रीन वाले नक़्शे पर चलते थे।

सेंट्रल दिल्ली को ज़ूम इन करते हुए, तारा ने देखा कि स्क्रीन के रंग नारंगी से गहरे बैंगनी में, फिर काले में बदल रहे थे। बाढ़ ने बाराखंभा रोड, आईटीओ, और बहादुर शाह ज़फ़र मार्ग को पंगु बना दिया था। एक्सप्रेसवे पर गाड़ियों की औसत रफ़्तार — तीन किलोमीटर प्रति घंटा।

और तभी — राइडर 88492 का रास्ता ट्रैक करते हुए — उसके हाथ माउस पर जम गए।

सेंटिनल सिस्टम नारंगी निशानों की पूरी लहर को जाम रास्तों से हटाकर — सीधे उन गहरे नीले नक़्शे की लकीरों की तरफ मोड़ रहा था। निचले इलाकों के अंडरपास।

तारा की उँगलियाँ कीबोर्ड पर उड़ने लगीं। लाइव डिलीवरी का रास्ता खुला।

जो दिखा, उससे उसका ख़ून ठंडा पड़ गया।

रंजीत सिंह फ्लाईओवर के पचास मिनट के जाम से बचने के लिए — और डिलीवरी के तय समय से ठीक बावन सेकंड बचाने के लिए — सेंटिनल सिस्टम ने राइडर 88492 की जीपीएस लोकेशन सीधे **मिंटो ब्रिज अंडरपास** में लॉक कर दी थी।

"नहीं... नहीं, नहीं!" तारा की साँस जैसे रुक गई।

वह अभी मुड़ी ही थी कि एरिया मैनेजर विक्रम — चिकने बाल, इटली का कोट, महँगा इत्र और तेज़ कॉफ़ी की दबंग खुशबू — काँच के कंट्रोल रूम में चले आए, एक चमकता टैबलेट हाथ में।

"विक्रम!" तारा ने अपनी पूरी ताकत लगाकर कहा, सामने वाली दीवार की स्क्रीन की तरफ इशारा करते हुए जहाँ दर्जनों नारंगी निशान मिंटो ब्रिज पर इकट्ठा हो रहे थे। **"रास्ते का नक़्शा देखो! सेंटिनल सिस्टम हमारे सेंट्रल ज़ोन के दर्जनों राइडरों को सीधे मिंटो ब्रिज अंडरपास में भेज रहा है! वह पूरा निचला रास्ता हर बारिश में चार फुट पानी में डूब जाता है! नगर निगम के पंप पहले ही फेल हो चुके हैं!"**

विक्रम ने दीवार की स्क्रीन की तरफ एक लापरवाह नज़र डाली।

"आराम से, तारा। ऊपर की सारी सड़कें जाम हैं। अगर हमारे वीआईपी दीवाली तोहफ़े और महंगे दावत के आर्डर बाराखंभा रोड पर फँसे रहे, तो हमारा तिमाही मुनाफ़ा पंद्रह परसेंट गिरेगा और सिंघानिया का कांट्रैक्ट कैंसिल हो जाएगा! सेंटिनल सिस्टम ने हिसाब लगाया है — अंडरपास से बावन सेकंड बचते हैं। मशीन को अपना काम करने दो!"

"बावन सेकंड?!" तारा ने अपनी लकड़ी की मेज़ पर मुट्ठी मारी। आवाज़ खाली काँच के कमरों में गूँजी। **"विक्रम, वह चार फुट काला बाढ़ का पानी है — शहर का गंदा नाला है! मोटरसाइकिल का साइलेंसर डूबते ही इंजन पानी भरने से जाम हो जाता है! तुम ग़रीब बच्चों को दोपहिए पर सीधे मौत के कुएँ में भेज रहे हो! राइडर 88492 को देखो — कबीर डिसूज़ा की तीस साल पुरानी खमीर वाली कल्चर लेकर अभी उस पानी के गड्ढे में उतर रहा है! बाइक रुकी तो वह डूब जाएगा!"**

"रुकी तो उसकी समस्या है!" विक्रम ने काँच की दीवार पर हथेली पटकी। **"उसने वीआईपी डिलीवरी की शर्त पर दस्तखत किए हैं! अगर वह पुरानी बेकरी के आर्डर में देरी करे या सामान को नुक़सान पहुँचाए, तो सिस्टम अपने-आप उसका पचास हज़ार का बोनस काट लेगा लेट होने का जुर्माना भरने के लिए! गड्ढों और बारिश की चेतावनियों से मुझे कोई मतलब नहीं — अरे, दीवाली है यार! निवेशक बंगलौर से लाइव स्क्रीन देख रहे हैं! उन रास्तों को मत छूना, तारा। यह ऊपर से आदेश है!"**

तारा ने विक्रम के लाल, बेरहम चेहरे को देखा। फिर स्क्रीन पर राइडर 88492 के नारंगी निशान को — जो गहरे नीले बाढ़ वाले इलाके में उतरता जा रहा था।

उसकी छाती में एक गहरा, दम घोंटने वाला दर्द उठा।

तीन साल पहले सफदरजंग एन्क्लेव में उसकी अपनी छोटी सी बेकरी थी। ताज़ी खमीर वाली ब्रेड का वह तंदूर। और विदेशी कंपनियों के आँकड़ों ने उसे बर्बाद कर दिया था। तीन साल से वह ज़ैप-इट में अपने काम को साफ़-सुथरी मशीन और गणित के नियम कहकर जी रही थी। मगर आज, इस ठंडे काँच के टावर में खड़े होकर, जब बाहर आकाश टूट रहा था, उसे दिखा कि उसने क्या बनाया था असल में।

एक अपने-आप सज़ा देने वाली मशीन। जो शहर के सबसे ग़रीब मज़दूरों की हड्डी का आख़िरी रस निचोड़ती थी — सिर्फ इसलिए कि अफ़सरों के खातों की स्क्रीन सुंदर दिखे।

तीन सालों में उसने जो भी कोड लिखा था — उसकी हर एक लाइन कबीर की ज़ंजीर का एक कड़ा था। उसे याद आए उसके कड़े हाथ। उसका ज़िद भरा स्वाभिमान। घर पर इंतज़ार करती पाँच साल की मेहर।

ऊपर इस काँच के टावर में — राइडर सिर्फ स्क्रीन के छोटे निशान थे, जिन्हें पानी से भरी पाइपों से निचोड़ा जाता था — सिर्फ देरी के आँकड़ों से बावन सेकंड बचाने के लिए।

"अपना काँच का टावर रखो, डिज़ाइनर साहिबा।"

धनतेरस की रात कबीर के वे शब्द उसके कानों में गूँजे — किसी भी कंपनी के नोटिस से ज़्यादा गहरे।

"जानते हो, विक्रम — जब हम राइडरों को दीवाली की रात बाढ़ के पानी के इस मौत के जाल में धकेलते हैं तो क्या होता है?" तारा की आवाज़ अब बर्फ़ जैसी शांत थी, मगर उसमें एक ठोस, अटल स्पष्टता थी। **"वे अपनी बाइक खो देते हैं। अपनी रोज़ी खो देते हैं। कभी-कभी जान भी। मगर तुम्हारी स्क्रीन पर जान जाने का हिसाब नहीं रखा जाता — सिर्फ डिलीवरी के समय का हिसाब दिखता है।"**

"अभी मुझे एचआर का भाषण मत दो!" विक्रम चिल्लाया। **"बैठो और स्क्रीन के एनिमेशन देखो! मैं तुम्हारा बॉस हूँ, तारा! दिमाग़ ख़राब हो गया है क्या?"**

"नहीं, सर," तारा ने धीरे से कहा। उसकी आँखें कंप्यूटर की स्क्रीन पर टिकी थीं। **"पहली बार तीन सालों में — मेरा दिमाग़ बिल्कुल साफ़ है। आज रात इंसानी ज़िंदगी का जुगाड़ नहीं। बहुत हो गया।"**

वह जानती थी इस फ़ैसले का अंजाम क्या है। बिना इजाज़त के मेन सिस्टम का ताला तोड़ना — सीनियर वीपी की प्रमोशन, तुरंत जाएगी। चार साल के शेयर — दो करोड़ रुपए — राख हो जाएंगे। सिलिकॉन वैली और बंगलौर की हर कंपनी में ब्लैकलिस्ट।

फिर भी — वह एक पल भी नहीं हिचकिचाई।

वह सिलिकॉन वैली के खोखले शेयर बेचकर दस हज़ार इंसानी ज़िंदगियाँ उस तूफ़ान से वापस ख़रीद रही थी।

तारा की उँगलियाँ कीबोर्ड पर बिजली की तरह चलीं। तीन तेज़ कमांड से विक्रम के अफ़सरी लॉक को तोड़ा। मेन कंट्रोल स्क्रीन खोली।

और टाइप किया:

sys.core.shutdown --force

एंटर दबाया।

एक लम्हे के लिए — कंट्रोल रूम के सायरन की वह तेज़, लंबी चीख़ — जैसे वक़्त ठहर गया हो। दीवार की स्क्रीन पर हिंसक, धड़कते लाल नक़्शे एक बार काँपे, गहरे बैंगनी में बदले — और फिर गहरे, मख़मली अंधेरे में समा गए।

✦ ✦ ✦

```
==================================================
[!] मुख्य चेतावनी — ज़ैप-इट मेन कंट्रोल सिस्टम बंद
==================================================
सेशन आईडी : मुख्य डिज़ाइनर // TARA.V_001
कमांड      : sys.core.shutdown --force -all -zone:NORTH_NCR
स्टेटस     : सफल [कोड: 0x0000_मैनुअल_बंद]
--------------------------------------------------
```

```
>>> रास्ता बताने वाली मशीन: बंद की गई...
>>> राइडर सुरक्षा सीमाएँ: खोली गईं
>>> चालू आर्डर (10,482): रद्द / रोक दिए गए
>>> हसल स्कोर ट्रैकिंग: बंद (ऑफलाइन)
------------------------------------------------------------
चेतावनी: मेन सर्वर से संपर्क टूट गया है।
उत्तर ज़ोन के सभी राइडरों का लाइव ट्रैकिंग बंद कर दिया गया है।
शुभ रात्रि।
========================================================
```

✦ ✦ ✦

विक्रम काली स्क्रीन को देखता रह गया — जबड़ा लटका हुआ। ट्रैक किए जा रहे दस हज़ार राइडर सिस्टम के नक़्शे से गायब हो गए — मिटाए नहीं गए, मुक्त हुए। उस खुली रात में।

कान फोड़ देने वाले सायरन तुरंत बंद हो गए। उनकी जगह चौबीसवीं मंज़िल पर एक गिरजाघर जैसी ख़ामोशी छा गई।

तारा धीरे से अपनी चमड़े की कुर्सी से उठी। उसने कंपनी के पट्टे को गले से खोला। भारी प्लास्टिक का बैज उसकी उँगलियों से फिसला — और चमचमाते संगमरमर के फ़र्श से टकराया — एक तेज़, गूँजती आवाज़ के साथ।

सुरक्षा सिस्टम के कंप्यूटर लॉक करने से पहले, तारा ने दूसरी स्क्रीन पर आख़िरी लोकेशन का आँकड़ा देखा। राइडर 88492 की जीपीएस लोकेशन — मिंटो ब्रिज के निचले गड्ढे में — जम चुकी थी।

तारा ने जेब से अपना फ़ोन निकाला। विक्रम की चीखें पीछे छूट गईं। उसने इमरजेंसी नंबर मिलाया — फ्लैट 2402 के सबसे पुराने दोस्त को।

दो घंटी बाद — बारिश की आवाज़ के बीच — एक भारी, रुखी आवाज़ आई।

"हाँ, बेटी बोल!"

"ताऊ!" तारा की आवाज़ में साँस नहीं थी। **"कबीर मिंटो ब्रिज पर फँसा है! सेंटिनल सिस्टम ने सर्वर बंद होने से पहले उसे पानी से भरे अंडरपास का रास्ता दे दिया! उसकी बाइक डूब गई है और पानी बढ़ रहा है! हमें अभी वहाँ पहुँचना है!"**

"मिंटो ब्रिज?!" ताऊ रहीम की आवाज़ में हड़बड़ी और सख़्त हिफ़ाज़त एक साथ थी। **"अरे या ख़ुदा! वह जगह अभी तालाब बनी हुई है! लाइन पर रहो, बेटी! तुम कहाँ हो?"**

"मैंने अभी मेन सिस्टम का स्विच खींचा है! साइबर हाइट्स से अभी निकल रही हूँ अपनी गाड़ी में! सीधे मिंटो ब्रिज! बाराखंभा वाले रास्ते पर मिलो!"

"छोटी गाड़ी को उस पानी में मत ले जाना, बेटी! रुको — तुम्हारा ताऊ बड़ा ट्रैक्टर ला रहा है!"

✦ ✦ ✦

रात के नौ बजते-बजते, **मिंटो ब्रिज अंडरपास** की पुरानी अंग्रेज़ी ईंटों वाली मेहराब एक काले-पानी के तालाब में बदल चुकी थी — तीन फुट का बाढ़ का पानी, दीवाली के मलबे से पटा हुआ। ऊपर, तनिष्क के हीरों के हार और इलेक्ट्रॉनिक सामानों के बड़े विज्ञापनों की गुलाबी और केसरी परछाईं उस उफनते, तेलीय पानी पर टूट-टूट कर बिखर रही थी।

पंद्रह मिनट पहले, कबीर उत्तरी ढलान पर अपनी स्प्लेंडर से उतरा था। एड़ी तक कीचड़ में। उसकी बरसाती जैकेट के भीतर — सीने से सटा, पसलियों की धड़कन के करीब — डिसूज़ा का भारी मर्तबान था।

बारिश हेलमेट के शीशे पर गुर्राती रही। जीपीएस का रास्ता ज़रूरी था — ऐप अभी बंद नहीं हुआ था। उसने पाँव लेग-गार्ड पर रखे और बाइक सीधे डुबकी देते अंडरपास में उतार दी। आगे का पहिया काली गहराई में एक नुकीली लहर काटता हुआ।

बॉस, यह तो पागलपन है, उसने सोचा, दाँत किटकिटाते हुए जैसे ठंडा पानी पायदान पर चढ़ आया। *दिल्ली का कोई भी राइडर जिसके दिमाग़ में थोड़ी भी अक्ल है, वह दीवाली के बादल फटने पर मिंटो ब्रिज में नहीं घुसता।*

"चल मेरी जान, थोड़ा और... बस पचास मीटर, पक्का!" उसने उस घुटते हुए 100cc इंजन को पुराने दोस्त की तरह मनाया। *अगर पलट गया तो डिलीवरी का टाइम ख़त्म हो जाएगा, डिसूज़ा सर बर्बाद हो जाएंगे, और ज़ैप-इट मेरा पचास हज़ार मिटा देगा। देख ख़ुद को, कबीर — बाढ़ के तालाब में तैर रहा है खमीर का मर्तबान वीआईपी दावत के लिए पहुँचाने के लिए!*

और तभी — सीमेंट के लोहे वाले खंभों के ठीक नीचे, सबसे गहरे गड्ढे में — बाढ़ का पानी कमर तक चढ़ आया।

स्प्लेंडर का साइलेंसर पूरी तरह पानी के स्तर के नीचे चला गया।

इंजन ने एक हिचकी ली — *फट-फट-गड़गड़-छ्ह* — और पानी भरने से जाम हो गया। पिस्टन जम गया। पिछला पहिया काई-ढकी पथरीली सड़क पर फिसल गया, और भारी लोहे का ढाँचा कमर तक के कीचड़ में झुक गया।

"अरे भाई, धोखा मत दे आज! आज नहीं, यार!" कबीर ने चिल्लाते हुए किक ज़ोर से मारी। मगर किक जाम थी। पानी इंजन में भर चुका था। उसकी बाइक — उसकी रोज़ी, उसकी आज़ादी, वह मशीन जिसे उसने पाँच साल सँभाला था — झील की तलहटी में लंगर डाल चुकी थी।

बाढ़ का पानी कमर के चारों तरफ ठंडे, तेलीय करंट से खींचता था। और अचानक कबीर को एक दहशत भरा एहसास हुआ — अगर बाइक पूरी तरह पलट गई, तो यह ज़हरीला गंदा पानी उसकी छाती को छू लेगा। डिसूज़ा के मर्तबान की सील एक पल में बर्बाद हो जाएगी। तीस साल की मदर कल्चर — और उसका पचास हज़ार — पलक झपकते समाप्त।

कबीर ने एक पल भी नहीं सोचा।

अपनी डूबती स्प्लेंडर को मिंटो ब्रिज की तलहटी में छोड़कर, उसने बरसाती जैकेट की ज़िप खोली। गर्म कपड़े में लिपटे मर्तबान को निकाला। और दोनों हाथों से उसे अपने सिर के ऊपर उठा दिया — जैसे कोई पवित्र अर्पण हो।

गड़गड़ाहटों के बीच की उस ख़ामोशी में — और दूर से आती त्योहारी पटाखों की दबी आवाज़ों में — कबीर सीने तक पानी में घुस गया। शहर के गंदे पानी की गंध, धुएँ की तीखी महक, और ऊपर रेलवे की पटरियों से बहती गीली मिट्टी की वह पहली बारिश वाली सोंधी ख़ुशबू — सब एक साथ थे। मोबिल ऑयल

की इंद्रधनुषी परत उसके जींस के चारों तरफ घूम रही थी — उस शहर की सुनहरी रोशनी को चमकाती, जो ऊपर ख़ुशहाली का जश्न मना रहा था जबकि वह उसके पेट में डूब रहा था।

लड़खड़ाते हुए, उसका सुन्न बूट एक सीमेंट के डिवाइडर से टकराया — अंडरपास के बीच में आधा डूबा हुआ लेग-गार्ड। कबीर ने बाएँ हाथ से उस ठंडे, खुरदरे खंभे को कसकर थाम लिया — धारा के ख़िलाफ़ ख़ुद को टिकाए रखने के लिए। और दाहिना हाथ — डिसूज़ा के खमीर के मर्तबान के साथ — पुल की मेहराब की तरफ, आसमान की तरफ, सीधा उठाए रखा।

कंधे की हर माँसपेशी जल रही थी।

ठंड में दाँत किटकिटा रहे थे। तारा का मेन स्विच खींचते ही उसका फ़ोन स्क्रीन बरसाती जैकेट के नीचे ही बुझ गया था — और वह पूरी तरह अंधेरे में, अकेला, उस पुल की छाँव तले था।

फिर भी — उस भारी मर्तबान को हथेलियों में थामे हुए — उसे उसकी एक हल्की, जीवित गर्माहट महसूस हुई। एक शांत, जिद्दी धड़कन — जो मरने से इनकार कर रही थी।

✦ ✦ ✦

दीन दयाल उपाध्याय मार्ग के दक्षिण वाले रास्ते पर — मिंटो ब्रिज की तरफ — तेज़ सफ़ेद रोशनी ने तूफ़ानी रात को चीर दिया।

तारा शर्मा अपनी बड़ी लक्ज़री गाड़ी में तूफ़ान में दौड़ रही थी — वाइपर पूरी रफ़्तार पर झपकते हुए, स्टीयरिंग व्हील पर उँगलियाँ सफ़ेद। दिल गले में धड़क रहा था। वह कबीर को ढूँढती जा रही थी उस बरसती अँधेरी रात में।

मिंटो ब्रिज अंडरपास की ढलान के मोड़ पर पहुँचते ही — उफनता भूरा पानी रास्ते पर आ गया। मेहराब से पहले ही — तीन फुट गहराई, उसमें तैरती टहनियाँ और प्लास्टिक का मलबा।

गाड़ी का इंजन झटका खाने लगा। स्क्रीन पर चेतावनी की बत्तियाँ जलने लगीं। दस फुट और गई तो गाड़ी का बिजली का सिस्टम शॉर्ट हो जाएगा।

तारा ने गियर पार्किंग में डाला — पानी के बिल्कुल किनारे पर। एक पल बर्बाद नहीं किया।

सीटबेल्ट खोली। सैंडल गाड़ी के फ़र्श पर छोड़े। दरवाज़ा खोला।

नंगे पाँव, टखनों तक कीचड़ और बारिश में उतरी। रेशमी कमीज़ और पैंट पलभर में भीग गए। मिंटो ब्रिज के काले अँधेरे में आगे बढ़ते हुए उसने दोनों हाथ मुँह पर रखे —

"कबीर! कबीर, कहाँ हो?!"

सिर्फ तूफ़ान का हाहाकार और पानी की गूँज ने जवाब दिया।

वह घुटने तक कीचड़ में दो क़दम आगे बढ़ी — दिल डर से टूट रहा था।

तभी — पीछे से एक ऐसी आवाज़ आई जो ज़मीन को हिला दे।

एक गहरी, धरती-हिलाती इंजन की गर्जना। एक तेज़ जोड़ी पीली बत्तियाँ — दोहरी सुनहरी धाराएँ — बारिश के परदों को चीरती हुईं।

और वे आए — ताऊ रहीम!

वे बैठे थे एक लाल **महिंद्रा ट्रैक्टर** की ऊँची लोहे की सीट पर — एक अजेय भारतीय खेती का जानवर, कीचड़ और नामुमकिन इलाके के लिए बना। उसके पीछे भारी लोहे की कड़ी से जुड़ी थी एक विशाल, ऊँची **लोहे की ट्रॉली (ट्रैक्टर-ट्रॉली)** — जिसके लोहे के बड़े पहिए चार फुट से ऊँचे थे, ट्रॉली का फ़र्श उफनते पानी से ऊँचा उठाए।

ट्रॉली के ऊँचे, सूखे लोहे के फ़र्श पर सवार थीं फ़ातिमा चाची — और आधा दर्जन स्थानीय डिलीवरी राइडर, हरे और नारंगी बरसाती जैकेटों में। उनके हाथों में तेज़ बत्तियाँ थीं, मोटे सूखे ऊनी कंबल, और गर्म चाय से भरे बड़े स्टील के थर्मस।

"अरे बेटी! रुको वहीं!" ताऊ रहीम महिंद्रा के गरजते इंजन के ऊपर से चिल्लाए, ट्रैक्टर को तारा के पास तीन फुट पानी में खींच लाए। उन्होंने पहिए पर झुककर एक विशाल, कठोर हाथ नीचे बढ़ाया। **"नंगे पाँव उस नाले में मत जाओ! यहाँ ऊपर चढ़ो! जल्दी करो!"**

तारा ने ताऊ रहीम का खुरदरा हाथ थामा और ख़ुद को महिंद्रा ट्रैक्टर के लोहे के मडगार्ड पर खींच लिया — उनके बगल में।

"वह नीचे है, ताऊ!" उसने धुआँ उगलते साइलेंसर के ऊपर से चिल्लाते हुए अंडरपास के अंधेरे की तरफ इशारा किया। **"रेलवे के बीच वाले पुल के ठीक नीचे!"**

"कसकर पकड़ो, बेटी! आज यह महिंद्रा इन शहर की कारों को दिखाएगा कि असली ताकत क्या होती है!" ताऊ रहीम ने दोनों गियर लीवरों को फोर-व्हील ड्राइव में एक ज़ोरदार लोहे की खड़खड़ाहट के साथ डाला — और मुस्कुराए, उस मुस्कान से जो ख़तरे में और निखरती है।

डीजल इंजन ज़ोरदार गर्जना में गूँजा। ताऊ रहीम ने भारी लाल ट्रैक्टर और लोहे की ट्रॉली को सीधे मिंटो ब्रिज अंडरपास के चार फुट पानी में उतार दिया। विशाल पहिए उफनती काली झील में अजेय बल से घूमते रहे — तैरते मलबे को किनारे धकेलते, पुरानी अंग्रेज़ी दीवारों से गूँजती लहर बनाते।

अंडरपास के सबसे गहरे बिंदु पर पहुँचते ही, फ़ातिमा चाची और राइडरों ने अपनी तेज़ बत्तियाँ काले पानी पर फेंकीं।

"वहाँ! उस डिवाइडर के पास!" सोनू ने लोहे की ट्रॉली से अपनी बत्ती सीमेंट के डिवाइडर की तरफ झाँकते हुए चिल्लाया।

और तेज़ सफ़ेद रोशनी में — कबीर था।

कमर तक उफनते, तेलीय काले पानी में। होंठ नीले। पूरा शरीर ठंड से थर-थर काँपता। एक हाथ सीमेंट के डिवाइडर से बेचैनी से लिपटा — और दाहिना हाथ — डिसूज़ा के खमीर के मर्तबान के साथ — सीधा ऊपर, पुल की मेहराब की तरफ, खिंचा हुआ।

"कबीर!" तारा ने ट्रैक्टर की सीट से चीख मारी — आँसू बारिश में घुल गए।

ताऊ रहीम ने महिंद्रा ट्रैक्टर को सीमेंट के डिवाइडर के बगल में कुशलता से ला लगाया। ऊँची लोहे की ट्रॉली उफनते पानी से ठीक दो फुट ऊपर — सूखी और मज़बूत — फँसे हुए कबीर के पास पहुँची।

"पकड़ो उसे!" फ़ातिमा चाची ने ट्रॉली से हुकुम दिया।

सोनू और तीन साथी डिलीवरी राइडर ट्रॉली की ऊँची लोहे की दीवार पर झुक गए। बारिश में मज़बूत, कठोर हाथ नीचे बढ़े — दो राइडरों ने कबीर को उसकी बाँहों के नीचे से थामा, और फ़ातिमा चाची ने झुककर कबीर की अकड़ी हुई, जमी हुई उँगलियों से वह सुरक्षित, गर्म कपड़े में लिपटा काँच का मर्तबान सावधानी से ले लिया।

"एक, दो, तीन — ज़ोर लगाओ! शाबाश!" सोनू चिल्लाया।

एक साझा, ताकतवर खिंचाव — देसी भाईचारे का। राइडरों ने कबीर को ट्रॉली की दीवार के ऊपर से उठाकर सूखे, मज़बूत लकड़ी के फ़र्श पर रख दिया।

इससे पहले कि कबीर उठ भी पाता — गंदा तूफ़ानी पानी खाँसते हुए, दाँत बेकाबू बज रहे थे — फ़ातिमा चाची उसके पास घुटनों के बल बैठ गई थीं। दो भारी, सूखे रसोई के कंबल उसके काँपते कंधों पर लपेटे। उसकी जमी हुई बाँहें ज़ोर से रगड़ने लगीं — ख़ून की गर्माहट वापस लाने के लिए।

तारा ट्रैक्टर की सीट से ट्रॉली में आ गई। कबीर के पास घुटनों पर। यमुना की बाढ़ की मिट्टी उसकी रेशमी कमीज़ पर लग रही थी — पर उसे ज़रा परवाह न थी। उसने कबीर के कंबल में लिपटे काँपते कंधों के चारों तरफ बाँहें डाल दीं — उसके शरीर को अपनी तरफ खींचा।

"पागल... तुम प्यारे, दीवाने गधे," तारा की आवाज़ रुँध गई। उसने अपना गर्म माथा उसके जमे हुए गाल से लगाया, आँसू उसके चेहरे पर बह रहे थे। **"अपनी बाइक डुबो दी... कमर तक बाढ़ के तालाब में खड़े रहे... खमीर के मर्तबान के लिए?"**

कबीर ने आँखों से गंदी ग्रीस की एक धार पोंछी। एक टेढ़ी, थकी हुई मुस्कान आई — तारा को देखते हुए, फिर फ़ातिमा चाची की गोद में सुरक्षित रखे उस मर्तबान को।

"मैडम जी... पचासवीं डिलीवरी... सुरक्षित," कबीर ने दाँत किटकिटाते हुए फुसफुसाया। **"देखो उसे... पक्का सूखा। डिसूज़ा सर... आज रात बर्बाद नहीं होंगे।"**

फ़ातिमा चाची की आँखों से एक गर्व भरा आँसू गिरा। उन्होंने अपने बड़े स्टील के थर्मस का ढक्कन खोला और कबीर के काँपते हाथों में गरम कप थमाया।

"चुपचाप पियो यह चाय, बेटे! पक्का अदरक और इलायची — लंगर में अभी ताज़ी बनाई। अम्मा क़सम खाती है इससे! कोई मशीन आज रात इस बाढ़ में तुम्हें बचाने नहीं उतरी — जब पानी गर्दन तक आता है, तो सिर्फ माँस और ख़ून और ट्रैक्टर के पहिए ही मोर्चा थामते हैं!"

लोहे की ट्रॉली में सवार राइडरों की एक ऊँची, जयकार भरी आवाज़ उठी — जैसे उस डूबे हुए अंडरपास की पुरानी अंग्रेज़ी छत से टकराई और वापस लौट आई।

ताऊ रहीम ने महिंद्रा ट्रैक्टर को बैक गियर में डाला। काला धुआँ छोड़ता भारी ट्रैक्टर पीछे हटा — और सूखी लोहे की ट्रॉली को — जिसमें थे कबीर, तारा, फ़ातिमा चाची, और डिसूज़ा की अनमोल मदर कल्चर — मिंटो ब्रिज के पानी के गड्ढे से बाहर, तूफ़ान से ऊपर, सुरक्षा की तरफ खींच लाया।

✦ ✦ ✦

अगली सुबह छः बजे — तूफ़ानी बारिश के बाद का धुआँ हट गया था। दिल्ली के ऊपर अक्टूबर का एक साफ़, धुला हुआ नीला आसमान था। आर्किड हाइट्स की चौबीसवीं मंज़िल की खुली छत पर — फ्लैट 2402 की छत पर — बारिश से धुली कंक्रीट दीवाली की पहली सुनहरी किरणों में चमक रही थी।

ताऊ रहीम और फ़ातिमा चाची पाँच साल की मेहर के पास घुटनों पर थे — मेहर पीले लहंगे में, जो कबीर ने अपनी बचाई हुई बख़्शीश से दिलाया था। तीनों मिलकर छत की मुँडेर के किनारे पर तीस मिट्टी के दीये सजा रहे थे — जागते शहर के ऊपर।

उस भोर से पहले — जब तारा ने मेन सिस्टम का स्विच खींचा था उसी रात — ताऊ रहीम, कबीर को ट्रैक्टर-ट्रॉली में बिठाकर सीधे छतरपुर के सिंघानिया वीआईपी फ़ार्महाउस ले गए थे — आर्डर ZP-5000 पूरा करने। जब बूढ़े मिस्टर डिसूज़ा और दावत के मुख्य बेकर को वह सुरक्षित, अनखुला मदर कल्चर का मर्तबान मिला — तो बूढ़े एंग्लो-इंडियन बेकर की आँखों से आँसू बह निकले।

यह जानकर कि कबीर ने अपनी मोटरसाइकिल त्याग दी थी और मिंटो ब्रिज के पानी में उतरा था बेकरी की विरासत बचाने के लिए — मिस्टर डिसूज़ा ने कबीर को तुरंत एक इनाम का चेक लिख दिया — एक लाख रुपए। ज़ैप-इट के खोए हुए बोनस से दोगुना। मेहर की सेंट मैरी स्कूल की फ़ीस पूरी तरह भर दी गई। और ऊपर से — एक नए कमर्शियल डिलीवरी स्कूटर के लिए भी।

छत के दरवाज़े के पास, तारा ने अपना ओवन खोला। भाप का एक बादल उठा। डिसूज़ा के खमीर वाले स्टार्टर का वह थोड़ा सा हिस्सा — जो कृतज्ञ बेकर ने उसे प्यार के तोहफ़े के रूप में दिया था — उसने पूरी रात उपयोग किया था। सुनहरे, ताज़े मीठे खमीर वाले बन की एक ट्रे बाहर निकली।

कबीर छत की रेलिंग के पास खड़ा था — सफ़ेद कुर्ते में। बाईं कलाई पर पट्टी, जहाँ मिंटो ब्रिज के सीमेंट के डिवाइडर से खरोंच लगी थी। धनतेरस की रात की कड़वाहट का एक भी रेशा नहीं बचा था। वह जानता था — तारा ने अपना सिलिकॉन वैली करियर जलाया था। दो करोड़ रुपए के शेयर राख किए थे। और बारिश में उतरी थी उसे बचाने — मेन सिस्टम का स्विच खींचकर।

यह रिश्ता किसी कंपनी के कांट्रैक्ट से नहीं बनता।

तारा ने आटे से सने हाथों को एप्रन पर पोंछा और सुबह की धूप में उसके पास आई। उसने दो काग़ज़ थमाए — एक छपा हुआ इस्तीफ़ा, ज़ैप-इट एचआर के नाम, और एक नया लीज़ का काग़ज़ — सेक्टर 29, गुड़गाँव की एक धूप वाली कोने की बेकरी के लिए — नाम था **तारा की क्रंब एंड क्रस्ट**।

दूसरे पन्ने पर, पीले मार्कर से निशान लगा हुआ था — दस्तखत की जगह:

कबीर चोपड़ा — साझीदार और डिलीवरी प्रमुख

"ओए, राइडर आईडी 88492," तारा ने धीरे से कहा — आँखों के कोने सुबह की धूप में सिकुड़े हुए। **"अब नौ मिनट की डिलीवरी का पागलपन नहीं। चौथा नियम पढ़ो। आधी-आधी साझेदारी — पक्का। खमीर का ओवन मैं सँभालूँगी। डिलीवरी तुम चलाओ — अपना सही कमाई वाला, इंसानियत भरा नेटवर्क, जहाँ कोई राइडर कभी किसी मशीन के लिए अपनी जान ख़तरे में न डाले।"**

कबीर ने लीज़ के काग़ज़ पर अपना नाम पढ़ा — उसकी कठोर उँगलियाँ काग़ज़ पर थरथराईं।

"सच में, तारा? मैं? साझीदार? अरे, कल मिंटो ब्रिज में पचास रुपए के बोनस के लिए डूब रहा था, यार।"

"और आज तुम मेरे साझीदार हो, बॉस," तारा हँसी — हल्के से उसके कंधे से कंधा छुआ। फिर हाथ उठाकर उसके चोट खाए गाल को छुआ।

"अरे वाह, बेटे!" ताऊ रहीम ने मुँडेर से आवाज़ दी, एक दीये की रुई में माचिस लगाते हुए — सरसों के तेल की लौ काँपी, और जल उठी। **"तुम्हारे ऐप की भाषा में कहें तो — यह हमेशा के लिए पाँच-स्टार की रेटिंग है! पक्की देसी साझेदारी!"**

फ़ातिमा चाची ने मेहर को धीरे से आगे धकेला। **"जा, गुड़िया! अपने चाचू और नई दीदी को खिला! शुभ शुरुआत!"**

मेहर थपथपाती हुई आई — एक गर्म, नरम खमीर वाला बन थामे, शहद और गुड़ की चाशनी में नहाया हुआ। उसने एक टुकड़ा तोड़ा और कबीर के मुँह में दबाया। फिर एक और तारा के मुँह में।

खमीर उठे गेहूँ और इलायची का वह अनोखा स्वाद जीभ पर फूट पड़ा — ज़िंदगी का स्वाद, धैर्य का स्वाद, और उस घर का स्वाद जो किसी मशीन से नहीं, अपने हाथों से बनाया जाता है।

गर्म बन जैसे ही कबीर की जीभ पर घुला — महीनों की हड्डी तोड़ थकान उस शरद हवा में घुल गई। वह सालों से एक बेतहाशा दौड़ में भाग रहा था बंजर सड़कों पर — यह सोचकर कि रफ़्तार ही ग़रीबी से आगे निकलने का एकमात्र रास्ता है।

मगर अब — सुनहरी धूप में तैरते आटे के कण, और तीस दीयों की काँपती लौ को देखते हुए — कबीर समझा।

जैसे डिसूज़ा की पुरानी मदर कल्चर तूफ़ान में चुपचाप, अँधेरे में, अपनी ही गति से साँस लेते हुए बच गई। वैसे ही इंसानी आत्मा को उठने के लिए वक़्त चाहिए। और प्यार।

तारा ने उसे देखा — उसके अफ़सरी रूखेपन का कवच पूरी तरह उतर चुका था। बची थी सिर्फ एक औरत की शांत कोमलता — जिसने तीन साल बाद अपने अकेलेपन को कोडिंग में छुपाना बंद किया था।

जब उनकी उँगलियाँ गर्म मुँडेर पर एक-दूसरे में गुँथ गईं — तो न कोई मशीन की स्क्रीन थी, न कोई रेटिंग। सिर्फ थी गीली मिट्टी की सोंधी ख़ुशबू — *सोंधी मिट्टी* — भुने मक्खन की गंध — और उन दो भटकते मुसाफिरों की गहरी ख़ामोशी, जिन्होंने आख़िरकार एक-दूसरे के दिल के पते खोज लिए थे।

तभी — कबीर की उतारी हुई बरसाती जैकेट की जेब से — एक घंटी बजी। ज़ैप-इट ड्राइवर ऐप नेटवर्क से जुड़ने की कोशिश कर रहा था। स्क्रीन चमकी:

✦ ✦ ✦

```
=============================================================
[ज़ैप-इट डिलीवरी सिस्टम - चेतावनी]
=============================================================
⚠ हसल स्कोर चेतावनी: नेटवर्क फिर से जुड़ गया है
दीवाली की भारी माँग शुरू हो चुकी है! सेक्टर 29 में 9-मिनट सर्ज चालू।
```

```
अपनी श्रेणी बचाने के लिए 180 सेकंड के भीतर लॉग इन करें!
अपने ग्राहकों को इंतज़ार मत कराइए, राइडर 88492!
==========================================================
```

✦ ✦ ✦

कबीर उस कुर्सी के पास गया। फ़ोन उठाया। उल्टी घड़ी नीचे जा रही थी।

उसने तारा की नज़र पकड़ी। वह मुस्कुराई — धीरे से, और सूरज की तरफ इशारा किया।

कबीर ने एक लंबी, स्थिर साँस ली। अँगूठा स्क्रीन पर रखा। ऐप की सेटिंग। और दबाया — **अनइंस्टॉल (हटाएँ)**।

क्या आप ज़ैप-इट और उससे जुड़ा सारा डेटा हमेशा के लिए हटाना चाहते हैं?

उसने दबाया — **हाँ, हटाएँ (कंफर्म)**।

चमकीली स्क्रीन एक पल में काले में गुम हो गई। स्क्रीन पर बचा रहा सिर्फ वह — सुनहरे भोर का आकाश, और तीस दीयों की काँपती, जीवित रोशनी।

उसने फ़ोन कुर्ते की जेब में डाल दिया। तारा का हाथ थामा। और वे दोनों — उस सुबह में — आगे बढ़े।

नीचे, गली में — उनकी पहली डिलीवरी वैन आ रही थी। ताज़ी, गर्म खमीर वाली ब्रेड — सीधे ताऊ रहीम के रात के एक बजे के लंगर के लिए।

समाप्त

www.ingramcontent.com/pod-product-compliance
Lightning Source LLC
LaVergne TN
LVHW100322210926
848480LV00003B/1225
* 9 7 9 8 9 0 5 8 4 0 6 8 5 *